共和国故事

硕果金秋

——中国国际高新技术成果交易会成功举办

王金锋 编写

吉林出版集团股份有限公司

图书在版编目（CIP）数据

硕果金秋：中国国际高新技术成果交易会成功举办／王金锋编. —

长春：吉林出版集团股份有限公司，2009.12

（共和国故事）

ISBN 978-7-5463-1916-2

Ⅰ. ①硕… Ⅱ. ①王… Ⅲ. ①纪实文学－中国－当代 Ⅳ. ①I25

中国版本图书馆 CIP 数据核字（2009）第 237747 号

硕果金秋——中国国际高新技术成果交易会成功举办

SHUOGUO JINQIU　ZHONGGUO GUOJI GAOXIN JISHU CHENGGUO JIAOYI HUI CHENGGONG JUBAN

编写　王金锋

责任编辑　祖航　蔡大东

出版发行　吉林出版集团股份有限公司

印刷　三河市嵩川印刷有限公司

版次　2010 年 1 月第 1 版　　　2022 年 1 月第 8 次印刷

开本　710mm×1000mm　1/16　　印张　8　字数　69 千

书号　ISBN 978-7-5463-1916-2　　定价　29.80 元

社址　吉林省长春市福祉大路 5788 号

电话　0431－81629968

电子邮箱　tuzi8818@126.com

版权所有　翻印必究

如有印装质量问题，请寄本社退换

前　言

自 1949 年 10 月 1 日中华人民共和国成立至今,新中国已走过了 60 年的风雨历程。历史是一面镜子,我们可以从多视角、多侧面对其进行解读。然而有一点是可以肯定的,那就是,半个多世纪以来,在中国共产党的领导下,中国的政治、经济、军事、外交、文化、教育、科技、社会、民生等领域,都发生了深刻的变化,中国人民站起来了,中华民族已屹立于世界民族之林。

60 年是短暂的,但这 60 年带给中国的却是极不平凡的。60 年的神州大地经历了沧桑巨变。从开国大典到 60 年国庆盛典,从经济战线上的三大战役到经济总量居世界第三位,从对农业、手工业、资本主义工商业的三大改造到社会主义市场经济体制的基本确立,从宜将剩勇追穷寇到建立了强大的国防军,从废除一切不平等条约到独立自主的和平外交政策,从"双百"方针到体制改革后的文化事业欣欣向荣,从扫除文盲到实施科教兴国战略建设新型国家,从翻身解放到实现小康社会,凡此种种,中国人民在每个领域无不留下发展的足迹,写就不朽的诗篇。

60 年的时间在历史的长河中可谓沧海一粟。其间究竟发生了些什么,怎样发生的,过程怎样,结果如何,却非人人都清楚知道的。对此,亲身经历者或可鲜活如昨,但对后来者来说却可能只是一个概念，对某段历史的记忆影像或不存在，或是模糊的。基于此，为了让年轻人，特别是青少年永远铭记共和国这段不朽的历史，我们推出了这套《共和国故事》。

《共和国故事》虽为故事，但却与戏说无关，我们不过是想借助通俗、富于感染力的文字记录这段历史。在丛书的谋篇布局上，我们尽量选取各个时代具有代表性或深具普遍意义的若干事件加以叙述，使其能反映共和国发展的全景和脉络。为了使题目的设置不至于因大而空，我们着眼于每一重大历史事件的缘起、过程、结局、时间、地点、人物等，抓住点滴和些许小事，力求通透。

历史是复杂的，事态的发展因素也是多方面的。由于叙述者的视角、文化构成不同，对事件的认知或有不足，但这不会影响我们对整个历史事件的判断和思考，至于它能否清晰地表达出我们编辑这套书的本意，那只能交给读者去评判了。

这套丛书可谓是一部书写红色记忆的读物，它对于了解共和国的历史、中国共产党的英明领导和中国人民的伟大实践都是不可或缺的。同时，这套丛书又是一套普及性读物，既针对重点阅读人群，也适宜在全民中推广。相信它必将在我国开展的全民阅读活动中发挥大的作用，成为装备中小学图书馆、农家书屋、社区书屋、机关及企事业单位职工图书室、连队图书室等的重点选择对象。

编　者

2010 年 1 月

目
录

一、 辉煌起步

● 朱镕基强调：正是为了促进中国与世界各国的经济技术合作，中国政府决定每年在深圳举办中国国际高新技术成果交易会。

● 李长春建议把名称改为高新技术成果交易会。

● 李连和回答：完不成任务，就请市委、市政府撤我的职！

提出创办高交会的思路

1998 年 4 月 20 日至 29 日，时任深圳市科技局局长的李连和，随同当时的深圳市委书记张高丽、市长李子彬等赴厦门、上海、大连学习考察。同时参加这次学习考察的还有深圳市各有关部门和各区的主要负责人共 40 多人。

行至大连时，当地正在举办每年一届的"国际服装节"，服装节红红火火，外国客商摩肩接踵，引起考察团同志的浓厚兴趣，也让考察团成员，尤其是张高丽看得怦然心动。

考察过后，考察团还专门组织进行了考察总结会，在会议上，考察团一行对大连一年一度的服装节非常赞赏。

张高丽问李连和："咱们的荔枝节搞得怎么样？"

"荔枝节搞了 10 届了，发展一般般。"李连和答。

"能不能搞一个高级一点的，科技节怎么样？"张高丽又问。

"好！"李连和应声赞同。

李连和后来回忆说，在考察团的总结会上，能否在深圳举办一个和特区地位相符的节日，成为大家讨论的热点，而张高丽在讲话中就表示，"荔枝节"虽然具有岭南特色，但在当时无法体现深圳的特色、水平和影响。

最后，参加学习考察总结会的市领导和其他与会者一致认为，当时世界的经济竞争已经是高科技的竞争，而高新技术产业又是深圳一大特色，可以利用这个优势办一个深圳的科技节。

学习考察团从大连返回深圳后，市委迅即召开常委扩大会议，讨论并通过了这一决定。市委、市政府决定举办科技节后，党政主要领导开始向省委、省政府作专门汇报。

时任中共中央政治局委员、广东省委书记的李长春听取汇报后非常高兴。他说，现在各种各样的科技节很多，深圳要搞，一定要有实质性的内容。不过现在全国许多省、市都在搞科技节，深圳也搞科技节，还叫这个名字就太平常了。

为此，李长春建议把名称改为高新技术成果交易会，办出"广交会"一样的水平、一样的规模、一样的影响。

市委、市政府对李长春的指示非常重视，经过深入讨论，原来较为笼统的"科技节"被具体化为更有针对性的"深圳高新技术成果交易会"。

可以说，正是李长春的建议，才有了高交会这个特色名字。

高交会的名字有了，可是办成一个什么样的展会呢？李连和在心里琢磨良久，提出了高交会的 3 个基调，即无形的科技成果和有形的产品展示要结合起来，科技成果交易和风险资本要结合起来，落幕的高交会和不落幕的高交会要结合起来。

"三个结合"奠定了高交会后来走向成功的基石。

高交会的办展思路有了，还得有一个国家级的名号，才能有强大的号召力。于是，李连和陪着深圳市政府的主要领导上了北京，先找到科技部。

当时的情况是，许多省、市都在拉科技部参与主办科技节什么的，科技部都只支持不参与主办。所以，在听完汇报后，当时的科技部部长朱丽兰直接表示，我们可以参与和支持，但不会作为主办单位的。

汇报的深圳市领导说，您先别着急，听我慢慢把思路讲完，您再来决定。进行汇报的领导对他们的 3 个大的策划进行了细致的描述，其实也就是李连和提出的 3 个基调。

技术成果交易与技术产品相结合，指的是成果交易是有形的利益，但是成果又是无形的，对普通观众而言，这样的技术产品就是有形的，是可供观赏的。

科技成果交易和风险投资结合，指的是技术转让可能只要 100 万，但真正要转化为生产力，可能需要的是数千万甚至上亿的资金。光有技术的转让或交易，实际上并不一定推动了产业发展，也不一定能有效地把技术转化为生产力。

落幕的交易会与不落幕的交易会结合，指的是将不落幕的交易会定在网站上面，这样，相关的交易信息、技术信息等，就可能更广泛地影响到一群人。

经过深圳市领导的详细描述，当时的科技部部长朱丽兰被深圳办高交会的思路打动了，于是她破例爽快地答应挑头主办。

接着，在深圳市领导积极努力争取下，国家外经贸部、信息产业部、中科院、商务部相继都答应加入主办方。就这样，"三部一院"就构成了高交会的国家级主办架构。"深圳高新技术成果交易会"这个名称的前面，也就多了"中国"两个字。

大方向大策略确定后，在几番具体单位的有力执行下，高交会一次成名，成为深圳可以在国际上称得上是深圳名片的项目。

后来，李连和又担任首届高交会组委会副组长兼办公室主任，成为首届高交会的具体操办人之一。其后，他又连续参与举办了5届高交会。由于李连和为高交会所作的重大贡献，他因此获得了高交会"操盘手"的称号。

1999年10月5日，首届高交会隆重开幕，人山人海的场景令人难忘。

"我们办了一个不叫'科技节'的高科技的盛大节日。高交会就是深圳最重大的创新产物。"已经从领导岗位上退下来的李连和回忆起当年，禁不住连连感叹地说。

紧急筹备首届高交会

在 1998 年 11 月 5 日召开的第一次筹备会议上，大家又一致同意把"中国·深圳高新技术成果交易会"，进一步"升格"为"中国国际高新技术成果交易会"。

1999 年 1 月 5 日，国务院正式同意在每年秋天，由"三部一院一市"在深圳举办中国国际高新技术成果交易会。

市委、市政府作出举办高交会的决定后，立即着手寻找举办场地。

1998 年 8 月份，受市领导委托，李连和带着一班人先后考察了国展中心、联合广场、中银大厦等场地，但都不能适应要求。向市委、市政府汇报后，市委、市政府决定在福田中心区黄金地段划出 5.4 万平方米土地，建设高交会临时展馆。

按常规，完成这样大的工程，需要 16 个月，而留给建设者的时间只有 6 个多月。

1999 年 1 月 14 日，高交会展览中心破土动工。市领导们一趟趟地到工地转，每星期召集各部门到现场开一次协调会。展馆建设特事特办，一路绿灯。

在当时，上千名建设者经过 180 个不眠之夜，用智慧、辛劳和汗水，按期、保质铸成科技成果"殿堂"。

1999 年 7 月 30 日，高交会展览中心如期完工。

然而，高交会能否打破中国技术成果交易的困局？高交会的策划者们经过深思熟虑，逐步理清了高交会的大思路，这是在李连和原来"3 个基调"基础上的扩展：

1．技术成果交易和成果、产品展示相结合，注重实效。

2．高新技术成果交易和风险投资相结合。许多成果交易双方都有诚意，但缺乏资金支持，风险投资这个"第三者"的加入，则使双方成交的可能性大增。

3．落幕的交易会与不落幕的交易会相结合。组委会决定充分利用现代网络技术，建立网上交易平台，把技术成果的评估、筛选、论证等都放在网上完成，大大提高了交易效率。

4．举办高层次的论坛与展览相结合，这叫"软硬结合"。论坛在其他展览上也有，高交会则把论坛办得更加国际化、档次更高。

5．在国内组团方式上，条块结合。高科技展览，越是专业化越有生命力，因此高交会在专业化上首先下足功夫，专门设立了 IT 展览、生物、新材料等专业展馆。同时又根据我国的实际情况，设立了各部委、各省、市展区和高校展区。这样既利用了市场机制，又调动了行政的推动力量。

6. 在国际招展方面内外结合。由于初创的高交会还缺乏知名度和品牌效应，因此在招展过程中，组委会和国际知名的 IDG 公司合作，利用它的品牌、影响力、网络，在国际上进行招展，取得很好效果。

后来的事实证明，这"6个结合"对首届高交会的成功起到了非常重要的作用，其核心就是用最好的机制、最有效的方式推进科技成果向生产力转化。

设计中国高交会会徽

1998 年 12 月底，深圳高等职业技术学院广告设计专业管理委员会主任李红兵，正在北京为中央电视台 1999 年春节联欢晚会设计吉祥物金兔、银兔。

在工作即将结束的时候，他又收到了中国国际高新技术产品交易会会徽设计的专家邀请函。

李红兵，1950 年出生，1978 年恢复高考的第二年考上武汉大学。1982 年大学毕业分配到黄石一所工艺美校当老师，后任副校长。1985 年调入湖北美术学院，任工艺系副主任、副教授。

1994 年李红兵下海，去深圳正一广告公司，任策划、设计总监。1996 年组建深圳市乙正形象设计公司。后来还担任中国工业设计协会企业形象设计专业委员会理事、深圳市工业设计协会专家委员会主任委员、深圳高等职业技术学院广告设计专业管理委员会主任。

李红兵对标识设计有自己独特的见解，他说："标识设计是一种符号设计，它是一项'有中生无'，既具信息意义，又具审美意义的创造性工作。标识符号的认知是一种信息传递、信息审美、信息识别的过程，要借助人们原有的文化积淀为背景，以记忆和审美的感召力实现信息概念的传达。在'人人心中有，个个笔下无'的情态下，充分展现符号语言的独特魅力，无声地联系着人与物、人与环境、人与社会。因此，强烈的视觉冲击力、优美的造型、简洁巧妙的构思、富有个性化的视觉表达，都是设计师追求的至高境界。"

李红兵在北京设计工作一结束，即风尘仆仆返回深圳。他来不及抚平身心的疲惫，就扎进图书馆的书海中采撷高交会的理念浪花。

深夜时分，李红兵给"脑库朋友"打电话，快人快语，切入正题。他说："不要多想，请立刻回答你对高新技术的第一印象是什么？"有时候，他也会突然问自己这个问题。

整整3天，从各种渠道汇总起来的五光十色的信息，在李红兵的脑海里碰撞翻滚融汇整合，有时苦苦追寻的东西似乎就要呼之欲出，但伸手去抓它却转瞬即逝。

山重水复疑无路，柳暗花明又一村。第四天早晨，李红兵开车去公司，他一边开车，一边习惯性地扭开车载播音系统。这时，收音机正在播放深圳大学一位学生的讲演。讲演中说的"托夫勒说知识就是变化……"一句话，让李红兵睁大了眼睛。

这偶尔听到的一句话让李红兵清晨放松的神经猛地一振，灵感从天而降，思路豁然开朗。高新技术成果最明显的特点，不就是日新月异的变化成果吗？

想到这里，李红兵一边在方向盘上激动地猛拍巴掌，一边兴奋得几乎要把这句话大声喊出来。他当即决定把

"日新月异"确定为高交会会徽的创意主题。

到单位后，李红兵又将各种鲜明的与"日新月异"概念相关联的视觉元素，如日月星辰、天体运行、原子结构、飞碟、网络、光速、大鹏鸟等熔为一炉，初稿很快就出来了。后来又经过他的几番润色，终稿"天体运行图"终于成功出炉，并最终被确定为高交会正式永久会徽。

这个最终被确定的交易会会徽，是由3只飞速盘旋的"大鹏鸟"和4颗象征智慧的"网络之星"与7条象征信息高速公路的光束，组合成一幅人造航天器在火箭的推动下穿越太空的天体运行图。

大鹏鸟象征深圳，航天器、网络之星、光束象征着"日新月异"的高科技。

会徽侧看既是"中"字，同时又是两个交互在一起的"China"的缩写"C"，在表达"中国及交易中心"概念的同时，注重了地域名称的"国际性"表达。

4颗网络之星，取汉字"网"字的核心部分"X"为元素，作"四方连续"式的处理，直观地表达了"互联网"的概念，加上银灰色的配置，突出强调互联网的虚拟特性。

4颗星还映衬出5个象征高科技成果的圆形，与飞速盘旋的3只酷似箭头的大鹏鸟一道，形象地表达了"成果交流、交易"的概念。

5个圆还是"三部一院一市"5家举办单位的象征，

5个圆还可理解为光纤的断面，从而进一步强调了高科技的特征。

会徽整体造型还可看成是一个即将被打开的原子结构符号，同时又像是飞碟、光碟、火箭推动下的航天器，以及天体运行轨迹，形象直观地表达了人类科技文明的延续、发展和进步，并预示着人类社会已由原子时代开始向信息时代迈进。

在象征深圳7大支柱产业的7条光束的辉映下，飞速穿越太空的航天器，直观地表达出深圳人敢闯、敢干、勇于进取的拼搏精神和二次腾飞、再创辉煌的决心。

中间空白的部分，既是"深"字的拼音字首"S"，反衬"S"的两只大鹏鸟又恰是"圳"字拼音的首字母"Z"，再一次借文字性的符号译码，强化了举办地的地名概念。

在会徽设计的同时，中国国际高新技术成果交易会吉祥物也新鲜出炉，它是一只形象可爱、浑身充满高科技气息的人造电子小蜜蜂。电子小蜜蜂代表了交易会先进的技术服务功能，也体现了交易会的传递信息、中介桥梁的特点。之所以起名为比特，是因为比特是电脑二进制位，而二进制也是中国古代经典《易经》的基本理论，同时又与蜜蜂的英文"bee"是谐音。

全力做好招展组织工作

自从在深圳举办高交会的重大决定作出以后，包括高交会招展工作在内的各项工作随即开展起来。这时，深圳市委、市政府主要领导同志一直在思考这个问题，高交会究竟能有多少项目参展？究竟能有多少项目成交？成交金额又能有多少？

经过深思熟虑，问题渐渐明朗，招展工作被认为是决定高交会成败的关键之一。要说风险，这是最大的风险。于是，招展工作十分突出地凸显出来，并因此成为贯穿高交会始终的一项基础性重要工作。

一次，市主要领导张高丽、李子彬在检查高交会筹备工作时，给高交会组委会办公室主任李连和下了一个硬任务。任务内容是，高交会必须确保完成一定数量和一定质量的成交额。李连和回答：

完不成任务，就请市委、市政府撤我的职！

李连和当然不会随便立下如此重的"生死令"，他这样说，是因为他对招展已经心中有数。实际上，深圳市的招展工作早已于 1998 年 6 月就开始了。

根据市委、市政府部署，科技局首先深入高新技术企业进行动员，到李连和接到任务时，高交会招展工作已取得阶段性成果，2000 多个高科技项目握在手中，200 多个投资商报名参展。有这样优秀的成绩为高交会做最初的铺垫，李连和说话怎能没有底气？良好的开端是成功的一半啊。

来自国际、国内最前沿的高新技术项目，正是国内外许多投资者追逐的目标，在高交会组委会的撮合下，最早一批高科技项目已经成交。当然，更大的成功还是在高交会期间。

当时高交会招展工作的一大难题是，深圳，作为一个年轻的城市，举办如此大规模、高水平、国际性的盛会，还是开天辟地头一回，可以说是毫无经验。

而更具风险性和挑战性的是，高交会完全是一个从未有过的新事物，高新技术成果交易会怎么招展？如何交易？这在世界现代科技发展史上都没有先例和规则，更谈不上有什么经验可资借鉴。

此外，通常说来，国际性大型展交会的招展工作在大会开幕一年半前就开始了。而高交会招展工作开始时，距高交会开幕只有 8 个月时间，显然十分紧张。

在这种大背景下，市委常委、常务副市长李德成亲自部署，各有关部门共同参与，很快拿出了一个详尽周密的招展方案，高交会招展工作坚定而快速地展开了。

1999 年 2 月 12 日，高交会组委会主任、深圳市市长李子彬亲自率团首赴香港，令这个"世界经济的窗口"

为之兴奋。一批知名企业和投资机构群起响应，纷纷表示将组团赴深参展。

首战告捷，人心大振，信心倍增。自 3 月初开始，深圳抽调大批精兵强将，组成高交会招展团，拉开了大规模招展的帷幕。

招展人员兵分 6 路，向华南、中南、华东、华北、东北、西北、西南进发。所到之处，各省、市、自治区、大型高科技公司、著名高等院校、大院大所反响热烈，他们把高交会当做促进本地高新技术产业发展，优化经济结构，实现产业升级，加快经济发展的重要历史机遇。一时间，喜讯迭飞，捷报频传。

北京、上海、湖北、江苏等地的主要领导同志，高度评价了深圳市委、市政府的这一决定。认为深圳抓住了龙头，又一次走在了全国的前列，称高交会为我国科学技术向生产力转化立下大功，深圳也由此跃入一个新的大发展时期。

各省、市、自治区还针对高交会出台了一系列优惠政策，为当地企业、高校、院所参展高交会加温助燃。

北京、上海、辽宁、新疆、四川、浙江、广东等宣布，将组成强大团组参展高交会。

清华、北大及 27 所国家级重点院校，相继宣布组团参展。

联想、方正、长城、东大、康佳、华为、中兴等国内 IT 业著名企业，明确表示参展。

辉煌起步

一时之间，国内外 950 家投资商都有意组团参展。

招展工作琐碎而复杂，招展工作人员几番出击，一个个企业、高校、院所地跑，一个个项目地盯，返深后，又通过传真、电话等途径，跟踪参展商与项目，锲而不舍，直到完全落实。

进入 7 月份，招展团又一次大面积出击，对初步确定的参展商和项目逐一落实。

高交会在香港和台湾产生了深远的影响，两地高科技企业、投资商、高校、证券界宣布参展，其领军人物高兴地接受了邀请，数月后如约走上了高交会高科技论坛。

大江南北，长城内外，要求参展的声音此起彼伏，接踵而至。企业、高校、投资商和项目的参展申请，如雪片般飞至深圳湾畔。

更大范围的招展工作在国内与海外两个平面上同时展开。美、日、德、法、意等国相继表达参展意向，微软、朗讯、IBM、西门子、飞利浦、富士通等跨国公司，直接报名参展高交会。

继 3 月初在广州向各国驻穗总领事成功推介高交会后，3 月 31 日，跨国公司在深投资论坛举行。5 月，深圳市政府盛邀驻港 24 国总领事访问深圳。6 月，在深圳，中德经济合作研讨会召开。所有这些活动都围绕高交会展开，几乎所有的外国客人都表示，将尽最大可能游说本国政府和企业参展高交会。

美国等国的经济界领袖人物说，不能想象世界经济大家庭没有中国，高交会把中国与世界、深圳与世界拉得更近。英国香港商会会长罗斯先生直入主题："我就是为高交会而来的。"各国大使馆、总领馆的官员也表达了相同或相近的意愿。

至此，高交会项目招展工作不仅仅只是一项具体的技术工作。从某种意义来讲，它已演化成中国与世界、深圳与世界相连的高科技经济之桥。通过这座桥，世界各国的高科技成果相互交流、交易，互惠互利，共同发展。

进入 6 月，按照计划日程表，深圳将高交会招展的战场直接摆到了国际著名跨国公司的家门口。深圳市几套班子负责同志亲自率团，分赴美国、德国、法国、日本、加拿大、意大利、俄罗斯、白俄罗斯、澳大利亚、新加坡、波兰等国招展。

海外招展团首入美国，在旧金山一炮打响，继而又一路旋风地走过西雅图、休斯敦、纽约等城市，美国各地方政府、工商界、科技界随之掀起了一股中国和深圳热，地方官员和经济领袖们纷纷承诺将组团赴深参展。

休斯敦市还授予郭荣俊副市长为休斯敦荣誉市民。在俄罗斯，可容纳 200 人的高交会新闻发布厅座无虚席，联邦政府科技部国际合作局局长斯米尔诺夫先生，希望俄罗斯有更多的高科技企业，到中国以及深圳寻求新的发展机会。

日本国际贸易促进会、法国巴黎工商总会也表示将致力于推动本国企业赴深参展。德国、意大利、加拿大、新加坡、澳大利亚等 26 个国家，也明确表示了参展意向。

在最早一批报名参展的高交会跨国公司中，微软、IBM、英特尔、朗讯、惠普、爱立信、诺基亚、飞利浦、摩托罗拉、北电、松下、三洋赫然其中，这些著名的跨国公司将在高交会上展示最新的高科技成果。

朗讯高层人士说，我们不仅要到高交会上参展，而且，还派出两位诺贝尔奖获得者出席高交会高科技论坛。

微软副总裁哈伟柯德希说，深圳给比尔·盖茨留下了深刻的印象，微软非常看重中国市场，微软正在研究参加高交会的有关事宜。

北电网络亚洲部总裁比特先生说，北电充分认识到高交会的重要性，一定参加这次国际性的盛会。

3 位诺贝尔奖得主、微软副总裁、北电副总裁、搜狐总裁、摩根士丹利亚太区主席、美林证券亚太区主席、纳斯达克副总裁、部分两院院士等重量级人物，欣然接受了邀请。

敢闯敢干并极富创造力的深圳，以其创造深圳奇迹的高效率，创造了深圳高新技术产业飞速发展的奇迹。深圳的创造力在高交会招展工作进程中，不断地表现出高效率和高业绩。

5 月，高交会收到的拟参展项目申请为 2000 多个；6

月，这个数字已达 6000 多个；7 月，迅速超过 5 位数；8 月，出乎意料地达到 2.2 万多个。国内外参展高科技企业和投资商的数量，也在以几何级数增长。

此时，高交会面临的已不是有无高科技企业和项目参展交易的问题，而是如何保证真正具有国际水平与巨大市场潜力的企业和项目能同时进入高交会进行交易的问题。

为此，高交会成立了专门的组委会。组委会一个十分重要的工作就是，搞好项目筛选、评审，将真正的世界科技前沿的高科技成果以及国内外的投资商纳入高交会。

后来，人们在高交会上看到来自电子信息、生物工程、光机电一体化、新材料新能源领域世界前沿的各种高科技成果，给人们留下了深刻的印象。然而，为确保在高交会上展出的都是国内和国际最先进和在市场上具有广阔前景的高科技成果与产品，专家评审委员会付出了大量和艰辛的劳动。

专家评审委员会的 120 位专家，几乎都来自市场第一线，主要由著名高科技公司的研发人员、市场营销主管以及投资运营商三部分构成。专家们在繁忙的工作中，抽出宝贵的时间，对项目进行认真仔细的反复评估、筛选。

按照不同专业，专家们分为不同的专业组，特别设立了投资专家组，这是我国以往类似的展交会所没有的，是一个新的创举。

项目评审的原则是：在其专业领域达到国际先进水平，市场潜力巨大、前景广阔。评审采用网上初审和集中会审的方式进行。

面对大量的高科技项目，专家委员会优中选优，常常不得不忍痛割爱，以确保最终通过评审而参展项目的高质量。并对所评审项目分阶段在网上公布，适时推出重点推荐项目，并利用各种机会直接推荐给投资商。实践证明，这一做法有力地促进了高交会的成交。

高交会招展工作除了吸引了大量参展商和高科技项目，还进行了另一大创举，就是吸引大批投资商参展，并且开设了专门的投资商展区。这样，不仅为参展商们提供了交易平台，还为投资商们提供了一个交易平台。

吸引投资商进入高交会，从一开始就被确定为招展工作的一大原则。

早在数月前，经过充分准备，深圳证券交易所召开了上市公司发展高科技产业研讨会，有意投资高科技产业的120多家上市和拟上市公司的代表出席了会议。

在会上，讨论了利用募股资金发展高科技产业的种种技术细节，各公司明确制订了投资计划，内容包括拟投资金额、投资领域、具体投资项目、投资合作方式等。

接下来，深圳又召开了跨国公司深圳投资研讨会和台商深圳投资会议。

这些会议的召开，摸清了跨国公司与台商在深投资的现状，了解了跨国公司与台商今后一个时期的投资动态与趋势，也使跨国公司与台商深入了解了高交会，以及深圳大力发展高新技术产业的产业政策。一批高交会项目商与投资商一拍即合，由此进入"蜜月期"。

美国、日本、芬兰、新加坡以及香港、台湾的风险投资创业协会，对高交会也表现出浓厚的兴趣。IDG、华登、赛博、野村、亚太汉鼎等国际风险投资机构，踊跃报名参展。

在国内，随着高交会的临近，投资商的热情日益高涨，数百家上市公司携大量募股资金而来，广东、浙江、江苏等地的民营企业也蜂拥而来，高新技术产业已成为最有前途的投资领域。

经过高交会组织者的努力，各项工作蓄势待发，1999 年 10 月 5 日，首届中国国际高新技术成果交易会的大幕正式开启。此时，作为参展商的全国 31 个省、市、自治区、港澳台地区、国家 4 部委、22 所著名高校，以及美国、日本等 26 个国家的高科技企业、大学、研究所、投资商已全部到位，并带来 4000 多项高新技术成果。

至此，高交会招展工作才算告了一段落。

朱镕基会见海外来宾

1999 年 10 月的深圳，阳光艳丽，天高气爽，万象更新。改革开放之初的勃勃生机与活力，又回到了这片神奇的土地，人们仿佛可以听到万物生长所发出的拔节的声音。

随着高交会开幕日子的临近，大家的心情也一天比一天紧张、兴奋。李连和后来回忆说：

> 开幕前那几天，组委会的工作人员，度过了一个又一个不眠之夜，我每天基本上只睡两个小时。由于不停地奔波，脚都磨破了。

组委会在打报告邀请中央领导人出席高交会时，考虑朱镕基总理非常繁忙，刚开始还没敢邀请他。后来抱着试试看的想法报上去了，没想到朱镕基不仅答应了，还准备在开幕式上发表重要讲话。

10 月 5 日下午，朱镕基来到高交会馆，他在这里会见了前来参加深圳"中国国际高新技术成果交易会"的海外来宾，并同他们在亲切友好的气氛中进行了交谈。

朱镕基表示，他非常高兴能与大家见面，并代表中国政府对大家前来参加首届中国国际高新技术成果交易会表示欢迎。

朱镕基表示：

　　中国政府决定每年举办"高交会"，是为了使更多的科技成果迅速转化为有市场竞争力的商品。

　　同时也希望通过"高交会"更多地了解和学习当今世界的先进科学技术，更好地开展国际交流与合作，加快中国高新技术产业发展的进程。

　　参加会见的海外来宾有日本前首相海部俊树，泰国前总理差瓦立，澳大利亚驻华大使石励，香港特别行政区财政司司长曾荫权，越共中央委员、越中友协会长阮景营，美国朗讯公司光网络部总裁巴特斯，美国贝尔大西洋公司高级副总裁弗莱德里克·塞勒诺，美国国际商用机器公司大中华区总裁周伟昆，泰国正大集团董事长谢国民，美国国际数据集团总裁麦戈文，泰国驻穗总领事黄惠俦，古巴卫生部副部长万里那，美国朗讯公司贝尔实验室科学家、诺贝尔奖获得者霍斯特·斯托姆和朱棣文，著名物理学家牛满江，著名核物理学家梁超凡，台湾鸿海集团董事长、深圳富士康公司董事长郭台铭，香港科技大学校长吴家炜等人。

　　中共中央政治局委员、广东省委书记李长春，国务院有关部门负责人会见时在座。

首届高交会正式开幕

1999 年是中国高新技术产业发展的一个里程碑。

8 月，中共中央、国务院专门召开了全国技术创新大会，作出了《关于加强技术创新，发展高科技，实现产业化的决定》。

10 月 5 日，中国第一届高交会开幕了。

这天晚上，深圳星光灿烂，人们期盼已久的时刻终于来到了。首届中国国际高新技术成果交易会，在深圳高交会展览中心隆重开幕。

1999 年，恰好是深圳建市 20 周年，也是人们即将跨入新的千年之际，首届高交会的举办无疑让深圳喜上加喜。

出席当天开幕式的国家领导有：中共中央政治局常委、国务院总理朱镕基，中共中央政治局委员、广东省委书记李长春，中共中央政治局候补委员、国务委员吴仪，全国政协副主席陈锦华等。

开幕式由高交会组委会主任、深圳市市长李子彬主持。朱镕基致开幕词。

朱镕基首先代表中国政府，对前来参加此次交易会的所有海内外朋友表示热烈的欢迎。

朱镕基说，当今世界，知识不断创新，科技突飞猛进，科技成果商品化、产业化日益加快，促进了全球经济的迅速发展，推动了世界产业结构的深刻调整，带动了国际贸易与合作的全面加强。如何适应新时期知识经济发展的新形势，迎接国际科技竞争的新挑战，已经成为世界各国面临的共同课题。

朱镕基指出，中国作为发展中国家，在实现现代化的历史进程中，依靠科技进步，加快经济发展的任务尤其紧迫。中国改革开放的总设计师邓小平同志提出了"科学技术是第一生产力"的著名论断。江泽民同志在党的十五大报告中进一步提出要把加速科技进步放在经济社会发展的关键地位，全面实施科教兴国的战略。

朱镕基说，今年 8 月，中共中央、国务院专门召开了全国技术创新大会，作出了《关于加强技术创新，发展高科技，实现产业化的决定》，对新形势下推进科技进步和发展高新技术产业作了具体部署。中国建立了一整套知识产权保护的法律体系，颁布了一系列鼓励技术创新和发展高科技的政策规定，科学技术在中国经济社会发展中的作用，已经并继续在显著增强。

朱镕基强调，在经济全球化加速发展的形势下，积极开展国际经济技术合作，对世界各国加快科技进步和高新技术产业发展具有重要意义。正是为了促进中国与世界各国的经济技术合作，中国政府决定每年在深圳举办中国国际高新技术成果交易会。

这次交易会，比较集中地展示了新中国 50 年来，特别是改革开放 20 年来的高新技术成果，为中国企业和科研机构走向国际市场创造条件。

朱镕基说，通过交易会，我们将更好地把握国际市场需求变化，增强高新技术研究开发的针对性、实用性，使更多的科研成果迅速地转化为富有市场竞争力的商品。同时，我们也希望更多地了解和学习当今世界的各种先进技术，更好地开展国际交流与合作，加快中国高新技术产业发展和现代化的进程。

朱镕基最后说，放眼神州，"日出江花红胜火，春来江水绿如蓝"；展望未来，科技创新，前程似锦。让我们以科学的态度，创新的精神和百折不挠的意志，努力开拓人类发展的新世纪。

随后，在热烈的掌声中，朱镕基正式宣布：

首届中国国际高新技术成果交易会开幕！

由国家对外贸易经济合作部、科学技术部、信息产业部、中国科学院和深圳市政府共同主办的本届高交会，以高新技术成果交易为鲜明特色，面向国际、辐射全国，其内容由高新技术成果交易、以"国际计算机、通信、网络产品展"为主题的高新技术产品展示交易和高新技术论坛六大部分构成。

参加本届高交会的共有 86 个代表团，31 个省、自治区、直辖市和 5 个计划单列市以及香港、澳门、台湾均分别组团，有两个海外留学生团，有北大、清华、香港科技大学、加拿大阿尔伯特大学等27所海内外高校独立组团。还有美国、英国、德国、日本、法国、新加坡、韩国等国也组团参展和参加交易。

本次交易会的参展企业和机构共计2856家，参加交易的投资商有955家，其中境外的为125家。累计征集项目达1.5万多项，其中已经上网的项目为9000多项，参展项目4159项。涉及信息技术、光机电一体化、航天、航空、新材料、生物、海洋、环保农业、能源等技术领域。30余家跨国公司和一批国内著名的高新技术企业展示其最新产品和技术。

高交会期间还举办高新技术论坛，就"知识经济与国际战略""21世纪信息技术""生物技术、医药、新材料、新能源""高新技术创业投资"4个主题举办36场专题报告会，演讲者既有中国"两院"的院士、国际著名经济学家，也有跨国公司的总裁和诺贝尔奖获得者。

开幕式后，高交会还专门举行了题为"拥抱未来"的大型歌舞表演。

辉煌起步

首届高交会顺利开馆

1999年10月6日，首届中国国际高新技术成果交易会开馆，各代表团的新闻发布会、项目合作及交易签约仪式和高新技术论坛陆续举行。

这一天，明媚的秋日把中国国际高新技术成果交易会展览中心那座乳白色翼状建筑映照得熠熠生辉，隆重的开馆仪式在这里举行。

中共中央政治局候补委员、国务委员吴仪，全国政协副主席陈锦华，出席了开馆仪式。

数万名观众争睹当今国际高新技术产业的最新成果，感受我国改革开放以来高新技术成果收获的喜悦。

此次参展的4100多个科技项目，是从1.5万多个报名参展项目中经专家评审、挑选出来的，绝大部分都处于国内先进水平，一些项目达到了国际先进水平。境内外的86个展团的数千项科技成果在这里纷纷亮相，让人目不暇接，高科技气息扑面而来。

在两万多平方米的主展馆中，A馆的"国际计算机、通信、网络产品展"尤其引人注目。

来自世界各地110多家计算机、通信、网络的开发、生产企业都在此各展风采，如爱立信公司展出的第三代移动通信技术，宽带码分多址，即代表了移动通信技术的最高水平。

A馆还荟萃了中国信息业"主力部队"的成果，如深圳黎明电脑网络公司具有自主知识产权的战略产品，网络商译，就让人为之一振。

在这里，不仅可以把握世界信息业的最新发展趋势，也感受到民族科技产业融入世界经济潮流的蓬勃态势。

组委会专设的投资展区成为高交会的热点，其目的是加快科技成果的产业化，让科研成果能尽快地转化为商品。

此次高交会有955家投资商报名，其中境外投资商125家。他们当中，有实力雄厚的上市公司、证券公司和产业集团，也有众多投资意向明确的专业投资公司、实业投资公司和创业投资机构。

展馆内人潮涌动，展馆外排着长长的队。科学技术部部长朱丽兰的一番话，为这次高交会的举办做了一个很好的诠释。朱丽兰说：

> 长期以来，人们对科学技术推动经济社会发展的作用有所认识，但从来没有像今天这样感受如此深刻。

据统计，首日共完成83项签约，总成交额达60.32亿元人民币，其中有一宗成交额就达5亿元人民币。深圳代表团的成交金额最高，达19.41亿元人民币。

成功举行首届高交会

深圳的仲秋依然炎热。

1999年在深圳举办的中国高新技术的世纪大典，使深圳魅力四射。

在高交会期间，每天一大早，主展馆深圳展览中心偌大的门前广场就站满了人。

一开门，1100平方米的展区就被拥入的中外客人塞满。每一件最新的高科技产品都会引起参观者的极大兴趣，不少展位的介绍资料被索取一空，不得不一次又一次地补充。

各展馆允许自由办证参观。每天有近万人在门外等至闭馆也无法进入。馆内所有通道的人流只能缓缓移动，馆内功率强劲的中央空调已无法使人感到凉爽，可容纳3000辆汽车的展馆停车场及周边的几个停车场都被塞满。为了保证展览的正常进行，组委会不得不决定停止自由办证。

这真是满城争睹高交会、满城争说高交会。人们穿上显示个性的服装，男女老少，呼朋唤友，纷纷赶到交易会参与和感受盛况，观看琳琅满目的高科技产品，领略世界级的高技术风光，倾听各种肤色的专家报告。

展馆内外人山人海，热闹非凡，却又秩序井然、气氛祥和。所有团体、各项活动、各种交易，都安排得周到得体、巨细不漏。

盛会期间，深圳、全国、全世界许多媒体都派出强大的采访阵容。云集深圳的记者们都很忙，使得 30 多个省、市、自治区代表团及 40 多家企业召开的新闻发布会出现"爆棚"现象。被记者们问得最多的问题是，各地如何抓住当今国家全力扶持高科技产业的契机，来促进本地经济发展。

来自世界各地的记者们不仅全方位、全过程地报道了高交会的盛况，也报道了深圳的城市景观、历史变迁、经济奇迹、人民风貌、政府能力等等。人们通过电视、报纸、因特网等媒介，看到了 20 岁的深圳特区，了解了深圳这座传奇的一夜城的真实景象。

首届高交会在中国最负盛名的、象征改革开放硕果的深圳举行，激起了全世界的关注目光和参与热情。共有来自 5 大洲 27 个国家的 402 家高科技企业和机构，形成了引人注目的参展阵容，参展的海内外宾朋大约 10 余万人，企业和机构 2856 家，汇集成果 4150 项。

世界著名的高科技企业，如朗讯、微软、IBM、西门子、爱立信、松下、佳能等，均在高交会上展示其最新技术和顶尖科研成果。高交会实现了大规模、高水平、国际性的既定目标。

高交会是继中国出口商品交易会、中国投资洽谈会之后的又一国家级交易会。首届高交会以高新技术成果交易为鲜明特色，广邀企业、大学、科研机构、跨国公司和港澳台高科技企业参加。

首届高交会由高新技术成果交易、高新技术产品展示交易和高新技术论坛三大部分构成。

高新技术成果交易主要邀请境内外重点高校、科研机构、企业和跨国公司提供具有产业化前景的科技成果，以及863高科技计划、重大科技攻关计划、火炬计划、科技成果推广计划等项目参与交易。还邀请具有技术需求的境内外企业、风险投资机构、中介机构、金融机构参与交易会。

清华、北大、海峡两岸的5所交大、香港科技大学、加拿大阿尔伯特大学等著名高校，分别组成了副校长以上负责人带队的学院展团，将他们潜心研究的成果端上了高交会。

在以"计算机、通讯、网络技术"为主题的A馆，一个个名声显赫的国内外高科技公司比肩而立，令人目不暇接。

高新技术产品展示、交易邀请了110多家来自世界各地的计算机、通信、网络的开发、生产企业参加展览。其中，30余家跨国公司和一批国内大企业，展示了它们的最新技术与产品。步入高交会主展馆纵目一望，既有高技术的庞然大物摆在那里如"猛龙过江"，也有小如发丝的尖端产品如"蚂蚁雄兵"。

高交会是对深圳能力、形象的一次检验。高交会，

使深圳大步地走向了世界。群贤毕至，精品云集。深圳，
仿佛在举行一个盛大的科技狂欢节。

首届高交会圆满结束

历时 6 天，大规模、高水平、国际性的首届中国国际高新技术成果交易会，圆满完成了各项预定议程，于 1999 年 10 月 10 日下午落下帷幕。

首届高交会闭幕时，亮出了一份骄人的"成绩单"，本届高交会成交项目 1459 项，成交总额为 64.94 亿美元。其中，高新技术项目成交 1030 项，成交金额为 42.78 亿美元。前所未有的大规模、高水平、国际性，吸引了世界和中国的目光。

"我们满载而归""明年要订更大的展位""深圳人办成了一件大事"……中外客商用不同的语言从心底发出同一赞叹：

高交会取得了巨大成功！

10 日下午，在深圳五洲宾馆五洲厅，首届高交会举行了闭幕式。闭幕式由首届高交会组委会副主任、科技部副部长邓楠主持。首届高交会组委会主任、深圳市市长李子彬致闭幕词。

出席闭幕式并在主席台就座的还有广东省委副书记、深圳市委书记张高丽，中科院副院长杨柏龄，中纪委委员、驻中科院纪检组长王顺德等。原全国人大常委、财经委副主任、原深圳市委书记李灏，也在主席台就座。

杨柏龄代表组委会宣布，授予北京市代表团等 38 个单位首届高交会优秀组织奖，授予辽宁省代表团等 34 个单位优秀成交奖。深圳市代表团分获优秀组织奖和优秀成交奖。在主席台就座的领导向获奖单位代表颁了奖。

李子彬在闭幕词中说，本届高交会取得了丰硕成果。据不完全统计，共有 4000 多项高新技术成果参加了展示和交易，其中有一大批代表中国和国际先进水平的最新科技成果。

在高新技术论坛共举行了 36 场专题演讲会、报告会，来自不同领域的 30 多位国际国内知名学者和专家做了十分精彩的演讲。

15 时 35 分，李子彬宣布：

首届中国国际高新技术成果交易会胜利闭幕！

会场立即爆发出经久不息的掌声。参加高交会的各有关方面代表和采访高交会的中外记者共数百人参加了闭幕式。

这次高交会就像一场科技大狂欢，来自各方面的人士在这个全新的场合展示、沟通、交易。

闭幕后，很多人惊讶于首届高交会的成功，称其是

"深圳建市 20 年来最盛大的节日"，而高交会本身也成为继广交会和厦洽会之后，又一个国家级交易盛会。

这是中国现代经济发展史上的一座令人目眩神迷的高科技经济的"摩天大厦"，而一个个高科技企业、项目、投资商、跨国公司行政执行官、世界级科学家、经济学家和未来学家，就仿佛一块块闪光的基石，支撑着这片高科技的万里晴空。

虽然有形的高交会已经落幕，但网上的高交会还正如火如荼。新一届高交会招展工作随即又开始了，首届高交会国内外参展商捷足先登，他们成为 2000 年高交会的第一批客人。2000 年，中国和世界再次聚焦深圳。

高交会，是一个蕴涵无限商机的国际先进科技成果交易大舞台。

高交会，在科技成果与市场之间架起了一座魅力四射的"金桥"。

从此，中国高新技术成果实现产业化，有了一个卓有成效的转化平台。

二、 创新发展

- 吴邦国说：中国政府将通过进一步制定和完善一系列优惠政策，鼓励和吸引海外企业到中国投资高新技术产业。

- 吴仪宣布：第三届中国国际高新技术成果交易会开幕！

- 温家宝指出：办好高交会，推进高新技术产业化，对于自主创新、调整经济结构、转变发展方式具有重要意义。谨祝第十届高交会圆满成功！

第二届尝试成果拍卖会

首届高交会的成功举办，引起了海内外的高度关注，全国各地和海外客商积极踊跃地参加第二届高交会。

为了满足参展商的参展需求，高交会展览中心进行了扩建，使第二届高交会的规模更大，高交会的国际化和专业化程度也迅速提高，高交会推动高新技术成果产业化、商品化的作用得到了更好发挥。

2000年10月11日至17日，第二届高交会在扩建后的高交会展览中心举行。

时任中共中央政治局委员、国务院副总理的吴邦国，出席开幕式并致辞。

吴邦国、李长春、全国人大常委会副委员长成思危和英国副首相约翰·普雷思科特，出席了开幕式。

开幕式由高交会组委会主任、深圳市市长主持。

吴邦国在开幕式上代表中国政府，热烈欢迎海内外的朋友参加这次盛会。

吴邦国说：

中国政府将通过进一步制定和完善一系列优惠政策，鼓励和吸引海外企业到中国投资高新技术产业。

与此同时，我们也致力于改善法律环境，健全和完善知识产权保护的法律体系，依法严厉打击侵害知识产权的不法行为，努力为各类高新技术企业的发展创造公正、公平、公开的竞争环境。

在第二届高交会开幕当天，3 位美国的诺贝尔奖的得主弗里德·穆拉德、罗伯特·福戈尔和卡瑞·缪里斯，两次荣获诺贝尔奖提名奖的潘宗光和英国著名科学家克里斯托福·罗威等 5 位世界著名科学家，从深圳市市长手中接过聘书，正式成为深圳市科技特别顾问。

第二届高交会主要由高新技术成果展示与交易、高新技术专业产品展、高新技术论坛三大部分组成，共征集各类项目 1.4 万项，展览总面积达 3.6 万平方米。

有 30 多位包括诺贝尔奖得主、国内外著名科学家、著名跨国公司总裁在内的知名人士，在高新技术论坛发表演讲。

除 IT 展外，专业产品展新增了"生物技术专业产品展"和"新材料专业产品展"两个专业展，更大规模地吸引了跨国公司参展。

第二届高交会进一步突出了成果交易特色，在科技成果转化的多种途径和形式方面，进行了更积极的探索。

第二届高交会尝试性地举办了高新技术成果拍卖会。第二届高交会的首场拍卖会，竞买过程冷静而又热烈，竞买人不多却都买意坚决。全部拍卖过程用时 47 分钟，10 项参拍项目 9 项成交，成交金额 2071.8 万元。

第二届高交会还在国内首创了高新技术项目配对洽谈活动，并成立了"高新技术产权交易所"。建立了网上常设交易系统，使日常的项目征集、评审、包装、撮合交易与会期的展示、交易、洽谈互为补充，高交会"落幕"与"不落幕"交易的结合机制进一步完善。

活跃的风险投资商依然是第二届高交会的一大亮点，为此，高交会进一步加强投融资中介服务，组建了高新技术产业与风险投资联盟。

为了规范风险资金投资高新技术产业的行为，第二届高交会期间，深圳市出台了《深圳市创业资本投资高新技术产业暂行规定》，这是我国第一部规范创业投资行为的政府规章。"规定"指出：

创业投资公司投资于深圳市高新技术产业和其他技术创新产业的投资额，超过其全部已投资额的 70% 的，经市政府科技行政主管部门认定，享受深圳市的相关优惠政策。创业投资公司的资本金可以全额投资。创业投资可通过企业并购、股权回购、上市等方式撤出变现。深圳技术产权交易所应为创业投资股权转让提供优质服务，支持创业投资利用国内外创业板股票市场撤出变现。

在第二届高交会上，大量海外留学生项目参加了展示，高交会为海外留学生项目回国创业建立了便捷的通道。高新技术论坛的专业性和涉及领域得到扩大，国际地位进一步提高。

在第二届高交会期间，留学生展团的展位前每天人潮涌动。这里展出的467个高科技项目和200多名留学生报效祖国的赤子情震撼着人们。

2000年，来自美国硅谷的崔博士1999年独自参加高交会后，通过网络将"祖国在召唤我们，高交会上大有可为"的信息传给了3000多名留学生，这番号召引来雪片般的项目计划书。

10月17日下午，为期7天的第二届中国国际高新技术成果交易会胜利降下帷幕。

闭幕式由对外贸易经济合作部部长助理魏建国主持，省委副书记、市委书记张高丽等省、市领导及有关方面负责同志，出席了闭幕式。

高交会组委会主任在致闭幕词时说：

本届高交会好戏连台、高潮迭起、喜报频传、硕果累累，达到了比首届高交会规模更大、成交量更大、水平更高、国际化程度更高的预定目标。

科技之光普照，友谊之树常青。让我们明

年的金秋，再次相会在美丽的鹏城。

闭幕式上，组委会还为获得本届高交会组织奖、交易奖、布展奖的团体发了奖。

根据组委会统计，这次高交会参展企业 2968 家，参展项目 1.5 万个，到会投资商 1300 家，9 个外国政府团组，33 个国家和地区的 86 个代表团，44 家跨国公司。全国 31 个省、自治区、直辖市，5 个计划单列市和港澳台地区及 26 所著名高校，6 个国家部、院组团，参加了展示和交易。

第二届高交会期间共签订项目 1046 项，总成交额达到 85.4 亿美元，比首届高交会增长 31.4%。签约项目包括进出口贸易、利用外资、境内交易等。

第三届举办创业投资洽谈会

连续两届高交会的成功举办，也有力地促进了中国经济发展和产业结构的调整。

2001 年，世界经济不景气，对我国外贸出口造成许多不利影响，但中国高新技术产品的出口大幅增长，有力地拉动了全国的外贸增长。

第三届高交会如能成功举办，将会进一步促进我国高新技术产品出口，优化我国出口商品结构和产业结构，拉动经济增长。

2001 年 10 月 12 日，第三届高交会在高交会展览中心和深圳市市民中心如期开幕。吴仪出席了开幕式并致辞。

状如巨翼的深圳高交会展览中心，在秋日的艳阳下，再次掀起高科技的热浪。在万余观众的掌声与欢呼声中，中共中央政治局候补委员、国务委员吴仪宣布：

第三届中国国际高新技术成果交易会开幕！

激越、昂扬的中国国际高新技术成果交易会会歌响起，礼炮齐鸣，彩带纷飞，气球腾空，焰火怒放，又一次高科技盛会的序幕徐徐拉开。

开幕式由外经贸部部长石广生主持。

吴仪在致辞中说，高交会已成为中国高新技术领域对外开放的重要窗口之一，成为广大海内外客商展示实力、获取信息、交流合作、共同发展的重要舞台。高交会在中国高新技术领域与国际社会的交流中，扮演越来越重要的角色。

李长春，全国人大常委会副委员长、中科院院士周光召，全国政协副主席、中国工程院院长宋健，科技部部长徐冠华及英国科技部部长盛伯理勋爵，俄罗斯科技工业部第一副部长基尔比奇尼科夫等出席了开幕式。

参加开幕式的还有国家有关部门负责同志，各省、自治区、直辖市、大专院校代表团负责同志，有关国家驻华使节，有关国家和地区参展团代表，著名科学家、企业家、港澳知名人士，广东省、深圳市负责同志。

与前两届高交会相比，第三届高交会的规模更大，国际化程度和交易成果的技术含量更高，创新与创业色彩更为浓厚。

国内 31 个省、市、自治区以及 30 所知名高校，美国、加拿大、英国、德国、俄罗斯、瑞典、澳大利亚、日本、韩国、香港等 37 个国家和地区，佳能、三星、爱普生、英特尔、西门子、思科等 41 家公司参加高交会。

本届高交会有 1600 多家投资商参加洽谈和交易，来自 12 个国家的海外留学生携近 400 个项目参会。本届的高新技术论坛就"新型创业资本市场""未来信息技术"

"新世纪生物技术" 3 大主题进行 9 场演讲，同时举办 "两院院士论坛" 和 "经营大师峰会"。

本届的高新技术论坛上，一个 13 岁首席执行官的演讲赢得了观众的热烈欢迎。

10 月 15 日 10 时许，年仅 13 岁的加拿大少年企业家凯斯·佩里斯，走下高交会高新技术论坛演讲台后，立即被 30 多名记者团团围住。

照相机的闪光灯频频闪烁，30 多支录音探头伸到这位世界上最年轻的首席执行官面前。凯斯不停地收着提问条，回答着记者们的问题。一身笔挺西装，但仍满脸稚气的凯斯面对此等热闹场面仍能镇定自如，回答问题还带着微笑。

有记者问："亚太地区中，你为什么会选择在中国发展？你准备如何发展？"

凯斯眨着明亮的眼睛，非常认真地回答："我认为中国在 IT 方面有很大潜力。2002 年，中国会成为世界经济的领导者。我的公司已经决定要在中国设立办事处，并在广东开办公司。"

"你的演讲非常精彩。你认为在发展中国家推行电子商务有什么困难？"有人问。

凯斯略做沉思，回答说："推行电子商务，一定会遇到很多挑战和困难。但电子商务是全球化的趋势，发展中国家是会不断努力、克服困难的。"

访问中，一个深圳少年悄悄加入了记者行列。他更关心凯斯如何让下属去认真执行一个孩子的决策。面对同龄人，凯斯似乎更加愿意侃侃而谈："刚开始确实有点难。但我的工作类型和成人一样，工作成果也是很明显的，慢慢地就得到了投资者和公司职员的肯定。"

凯斯父亲迪波尔一直陪在儿子身边，他也成了记者关注的对象。当被问到"如果没有您，凯斯还能开公司吗？"迪波尔先生立即明确地表示："我以我的孩子为荣。没有我，他也能干得很好。"这位副总裁父亲对自己作为其下属的孩子信心十足，凯斯则回答："父亲对我的帮助很大。在公司里我们是伙伴，我们都很认真地对待对方，但我是决策者。"

第三届高交会新增了国家发展计划委员会为主办单位，农业部、中国工程院为协办单位，使高交会组织实力更强，展览规模更大，专业主题进一步突出。第三届高交会除使用高交会展览中心外，还使用了建设中的深圳市市民中心作为展览场地。除原有的三大专业展外，又新增了农业高新技术及产品展。

第三届高交会在前两届成功交易的基础上，不断完善成果交易形式，创新推出了创业型企业投资洽谈活动，积极探索"高交会—技术产权交易—创业板市场"一条龙科技创业新模式，以形成以技术产权交易与创业投资为核心的新型资本市场，构筑符合国情并具特色的中国科技成果交易体系。

同时，高交会的优势与各省市的科技、人才、信息资源结合起来，并在时间和空间上进行延伸，分别于4

月、6 月在北京、湖北等地举办异地项目配对洽谈活动。初步确定"商业运作与政府推动相结合，成果交易与风险投资相结合，技术产权交易与资本市场相结合，落幕与不落幕的交易相结合，成果交易与专业产品展相结合"的高交会五大原则。

高新技术论坛层次进一步提高，包括英国科技部部长、诺贝尔奖得主在内的一大批国内外著名经济学家、科学家、企业家及政要登台演讲。

为了便于参展商安排参展事宜，高交会组委会决定，从第三届起，高交会的举办时间固定为每年的 10 月 12 日至 17 日。

本届高交会展馆总面积达 5 万平方米，比上届增加了 1 万平方米。据智诚友邦信息咨询有限公司调查，本届高交会的参观者中，专业观众比例达 41.87%。

10 月 17 日，历时 6 天的第三届中国国际高新技术成果交易会在深圳落下帷幕。高交会办公厅副主任姚申洪在闭幕式上发言。他说：

在各方面的共同努力下，本届展会取得了圆满成功，达到了预期的目的。

据组委会初步统计，截至 10 月 17 日中午 12 时，第三届高交会期间共签订项目 1349 项，总额为 104.18 亿美元，比第二届高交会增长 22.16%。

第四届首创菜单式服务

2002 年 10 月的深圳，海风送爽，花团锦簇。12 日，美丽的鹏城格外热闹，因为它又一次迎来了高交会这一国际性科技盛会，迎来了海内外尊贵的客人。

来自全国各省、市、自治区以及 40 个国家和地区的 3691 家客商，带着最新的科技成果和资金，在第四届中国国际高新技术成果交易会这个平台上寻求市场和商机。

第四届高交会是在中国加入世贸组织后举办的第一届高交会，既面临机遇也面临挑战。

如何帮助中国高新技术企业提高国际竞争力，如何把高交会进一步与我国高新技术产品的出口结合起来，让高交会在我国的经济发展和产业结构调整中发挥更大的作用，要求第四届高交会给出自己的答案。

10 月 12 日上午，深圳高交会展馆广场犹如欢乐的海洋，第四届中国国际高新技术成果交易会在这里隆重开幕。数百支礼炮在空中鸣响，千万朵礼花飘洒飞舞，雄浑的乐曲激越回荡。

9 时 30 分，在庄严的国歌声中，第四届高交会开幕式正式开始。中共中央政治局委员、广东省委书记李长春出席开幕式，全国人大常委会副委员长周光召致开幕词，中共中央政治局候补委员、国务委员吴仪发来贺信。

开幕式由魏建国主持。对外贸易经济合作部部长石广生等领导、广东省以及深圳市的部分主要领导以及许多外宾，也参加了开幕式。

周光召在致开幕词时说，中国已经加入世界贸易组织，正以全方位开放的积极姿态，积极融身于全球化浪潮之中。中国国际高新技术成果交易会是中国高新技术领域对外开放的一项重要举措，已成为中国与世界在高新技术领域的开放窗口和交流舞台。

吴仪在贺信中对第四届高交会开幕表示热烈的祝贺，并衷心希望高交会越办越好，为促进我国高新技术及其产品的进出口贸易和国际间高新技术交流与合作，作出应有的贡献。

9 时 50 分，随着周光召宣布第四届高交会正式开幕，广场周围 80 多门礼炮齐鸣，几千个红气球腾空而起，串串彩泡和冷焰瀑布喷出七彩图案，来自四海的嘉宾如潮水般涌向高交会"梦幻世界"的大门。

开幕式结束后，出席仪式的领导来到各展馆参观，了解展览情况。整个开幕式在 20 分钟内完成，简洁大方又不失高雅热烈。

由对外贸易经济合作部、科学技术部、信息产业部、国家发展计划委员会、中国科学院、深圳市人民政府联合举办的高交会，已成功地举行了 3 届。

前 3 届总计有 3854 个项目成交，签约总额达 254.52 亿美元，参观者超过 90 万人次。为期 6 天的本届高交会由"高新技术成果交易""高新技术专业产品展""中国高新技术论坛""不落幕的交易"四部分组成，其规模、档次和国际化水平均超过前3届，并有了新的特色。

第四届高交会创新推出了中国企业海外上市咨询洽谈活动，吸引纳斯达克、新加坡、伦敦、东京等10多个国家和地区的国际证券交易机构聚集鹏城，开展咨询推介活动，这是国际证券交易机构首次大规模在中国城市聚会。

这项活动不仅为中国企业利用国际资本市场，进入全球经济圈提供了快车道，而且也由此形成了"高新技术项目配对洽谈—创业型企业投资洽谈—中国企业海外上市咨询洽谈"的高交会梯次"产品"，满足了科技成果转化过程中不同阶段的需要。

第四届高交会还首创菜单式服务的"super – SUPER（超级）专题活动"，为中外政府要员、跨国公司总裁、著名科学家推出极富个性化的"套餐"服务，安排国内省长、市长、大学校长与国外政要、跨国公司总裁、著名科学家等进行不同形式的交流，举行高级别的"圆桌会议"，协助海外组团、展商联络洽谈对象等。

这项活动有利于加强国内省、市、院、所、企业与海外政府、企业界、学术界的交流与合作，促进招商引资和科技成果转化。

"留学生系列活动"为留学生提供与资本直接面对面的机会，帮助留学生寻找合作良机，吸引了许多高学历留学生携带高技术项目参加高交会，并成为海外留学生回国创业的桥梁。这次有近千名留学生报名参加高交会，经筛选后安排 290 多人、378 个项目参展。

来自 40 个国家和地区的 88 个团组、3691 家参展商、1124 家投资商、42 家跨国公司参加了本届高交会，参加展示与交易的项目 7749 个。

外经贸部、信息产业部、科技部、国家计委、中科院、农业部、中国工程院等部委和 34 个省、自治区、直辖市、计划单列市以及独立组团的 27 所重点高校，带着他们精选的科技成果和项目在高交会上亮相。

2002 年 10 月 17 日，历时 6 天的第四届中国国际高新技术成果交易会，在深圳落下帷幕。

本届高交会展交两旺，共签订合同或协议 1581 项，成交总额达 121.6 亿美元，比上届高交会增长 16.7%。

广东省、深圳市领导和外经贸部科技司司长王晖，科技部副秘书长鹿大汉，信息产业部办公厅副主任周宝源，国家计委高技术司副司长许勤，中科院高技术局处长董玉荣出席了闭幕式。

高交会组委会主任在闭幕式上发表讲话，他说：

> 第四届高交会会期虽然短暂，但中外客人会聚在一起，加深了了解，增进了友谊，促进了合作，给我们留下了美好的记忆。

> 本届高交会闭幕后，高交会的"网上展会"

创新发展

还将继续为国内外广大展商、投资商提供便捷的常年交易平台和服务。

深圳市委副书记、市长热忱地邀请大家来年金秋再相会。

最后，高交会组委会主任宣布：

第四届中国国际高新技术成果交易会闭幕！

在闭幕式上，组委会对本届高交会优秀成交奖、优秀布展奖、优秀组织奖单位进行了表彰。广东省等32个代表团获得优秀成交奖，国家计委机关服务局等48家单位获得优秀布展奖，北京代表团等83家单位获得优秀组织奖。

有62位包括诺贝尔奖得主、著名科学家、经济学家、企业家和政要在内的知名人士在高新技术论坛登台演讲，有6位中国科学院、中国工程院院士在"院士论坛"发表演讲。

第五届创办科技部长论坛

第五届高交会是我国在"非典"疫情得到有效控制后，首次举办的国家级大型展会，它成为中国抗击"非典"取得阶段性胜利的一个标志性活动，成为"一手抓防治非典，一手抓经济发展"取得成果的一个标志性活动。

2003 年 10 月的鹏城秋高气爽，艳阳高照。10 月 12 日，举世瞩目的高交会迎来了它 5 周岁的生日。

9 时 30 分，第五届高交会开幕式在深圳高交会展览中心前广场隆重举行。来自各部委、各主办单位和各省、市的领导，深圳市代市长李鸿忠等领导以及海内外的各界嘉宾，出席了当天的开幕仪式。

国务院副总理吴仪在开幕式上发表了热情洋溢的致辞。吴仪在讲话中说，我们要把高交会进一步办出水平、办出特色、办出成效，使它成为展示我国高新技术领域最高发展水平、最新发展成就的窗口，成为我国高新技术交流与合作的重要桥梁，成为科技成果产业化、商品化的重要平台，成为推动我国产业、产品优化升级的重要途径，并殷切期望高交会为我国高新技术产业的国际交流与合作作出更大的贡献。

10 时许，吴仪副总理隆重宣布第五届高交会开幕，并幽默地以"OPEN（开始）！"结束了她的讲话。顿时，掌声雷动，礼炮齐鸣，漫天的礼花从天而降，广场上响起了热烈的欢呼声。

第五届高交会就此胜利拉开了帷幕！

开幕式后，吴仪与高交会国内代表团团长和秘书长进行了座谈。

吴仪指出，高交会要抓住重点，在利用高新技术改造老企业，推动国内产业结构调整、产品优化升级方面发挥作用。要把提高高新技术产品和农产品出口竞争力作为高交会的重点，特别是要提高高新技术产品在出口中的比重，推动科技兴贸战略的深入实施，加快形成高新技术产品出口拉动机电产品出口增长的新局面。

这一天，吴仪在这里还会见了出席第五届中国国际高新技术成果交易会的部分外宾及港台嘉宾。她希望各国的企业和科研机构，到中国来投资和开展经济技术交流与合作。

英国科技大臣索恩斯伯里，俄罗斯联邦工业科技部副部长安德鲁·克拉琴，1999年诺贝尔奖得主、欧元之父罗伯特·蒙代尔等，以及来自英国、俄罗斯、埃及、美国、澳大利亚、日本、法国等国前来参加本届高交会的外宾及中国香港和台湾地区的嘉宾，参加了这次会见。

第五届高交会主要内容包括"高新技术成果交易""高新技术专业产品展""中国高新技术论坛""super－SUPER系列活动""不落幕的交易会"五大部分。

与往年不同的是，此届高交会增加了中英美俄 4 国科技部部长论坛、中美 CEO 面对面、历届高交会优秀成果项目展等，具有中国完全知识产权的高性能通用 CPU 芯片、曾在当年抗击"非典"中发挥过重要作用的非接触红外线体温快速筛检仪，以及最新的抗"非典"药物等，也都出现在了展会上。

从本届起，教育部加盟高交会主办单位，使高交会的主办单位数增加到 7 个。专业产品展包括信息技术与产品展，生物技术与产品展，新能源、新材料技术与产品展三部分。

第五届高交会为纪念高交会举办 5 周年，特设了"历届高交会优秀成交项目展"，从一个侧面回顾和总结了高交会在推进高新技术成果商品化、产业化、国际化方面取得的成就和经验。

高新技术论坛之一的多国部长论坛上，中、埃、英、俄等 4 国科技部部长，出席并共同签署了《深圳宣言》。

"super – SUPER 专题活动"在本届细化成具有个性化的"菜单式"服务，成为高交会独有的服务品牌。

"中美 CEO 互动对话"活动上，数十位来自中美双方的 CEO 以"面对面"的形式直接对话，在国内尚属首次。

本次高交会展览面积 3.6 万平方米，18 个国家政府及国际组织团组，42 个国家和地区的 90 个代表团、2930 家参展商、7857 个项目、1138 家国内外投资商，全国 35

个省、自治区、直辖市、计划单列市及港澳台地区和27所高校，国家5个部院参加了展示、交易和洽谈，成交总额达128.38亿美元。

高交会组委会介绍说，此次参会国家数、政府组团数、跨国公司数，均创造了历届高交会的最高纪录。台湾也首次组团参加高交会。有包括中、埃、英、俄等4国科技部部长在内的60位嘉宾，在高新技术论坛登台演讲。

来自20个国家和地区以及中国20多个省、市以及30多所重点高校的400多位高层人士，参加了高级别的"圆桌会议"和"super–SUPER互动"系列活动。

包括5家"全球十大证券交易机构"在内的10家海内外证券交易所，以及400多家海外创业投资机构，参加了"中国企业海外上市咨询洽谈活动"。

具有阶段性纪念意义的第五届高交会，克服了"非典"造成的影响，本着隆重、热烈、务实、简洁的原则，着力营造更加安全舒适的展会环境和更加适宜洽谈、交流、合作的氛围，依然取得了巨大成功，成为当年中国会展业的一大亮点。

17日15时30分，第五届中国国际高新技术成果交易会闭幕式，在深圳五洲宾馆隆重举行。中国商务部副部长魏建国，广东省委常委、深圳市委副书记、代市长李鸿忠等领导同志出席了闭幕式。

中国商务部副部长魏建国，在会上做重要讲话并总结了这次高交会的成绩。

魏建国说，本届高交会是一次成效显著的国际性高新技术产品和技术贸易的盛会。42个国家和地区的90个代表团、2930家参展商和1138家国内外投资商参加了展示、交易和洽谈，近300家海内外媒体的1300多名记者参与报道了大会盛况，参观人数达24万人，本届高交会专业客户人气指数153，即每个参展商平均每天接待153位专业客户，特别是投融资展区专业客户人气指数达338。

美国、欧盟等18个国家和机构，中国内地的35个省、市、区、计划单列市和27所高校，以及香港、澳门、台湾组团参加了本届高交会，41家知名跨国公司参加了展示与交易。

各代表团、参展团组织推介会签约仪式达62场次，共签订了合同或协议1392项，成交总额达128.38亿美元，比上届高交会增长5.57%。在成交总额中，进出口额18.67亿美元，其中出口16.56亿美元。

在广受关注的留学生活动中，近300名留学生带着357个项目参展，成交项目和金额分别达90项、21.96亿元人民币。

本届高交会的高新技术论坛，是国际科技界、企业界广泛交流与合作的盛会。

本届论坛吸引了包括3国科技部部长、两位诺贝尔奖获得者在内的44位国际知名专家、学者及政界要员，进行了 10 场主题演讲，充分展示了世界科技的前沿动态和全球最新科技思潮。

特别是"多国科技部长论坛"的首次成功举办，为进一步扩大政府间的国际科技合作与交流，开辟了新的渠道。

在投融资方面，包括 5 家"全球十大证券交易机构"在内的 10 家海内外证券交易所，以及 400 多家海外创业投资机构参加了"海外上市咨询洽谈活动"，体现出海外交易所对中国高新技术企业的高度重视，推动了科技与资本更加紧密地结合。

深圳、辽宁、广东等省市展团荣获优秀成交奖。

魏建国在总结时指出，高新技术产业的发展，"科技兴贸"战略的推进，是高交会永不落幕的需要！

魏建国还宣布说：

第六届中国国际高新技术成果交易会将于明年 10 月 12 日至 17 日在新落成的深圳国际会展中心举行，届时一个气势如虹、设备先进、功能完善的会展中心将给各位宾朋带来新的气息、新的机遇、新的财源。借此机会，我诚挚地邀请各位朋友出席第六届中国国际高新技术成果交易会。让我们明年金秋再相会！

第六届开创人才交流会

2004 年 10 月的深圳，艳阳高照，鲜花盛开。

10 月 12 日至 17 日，第六届高交会在深圳会展中心和高交会展览中心同时举行。

9 时 40 分，在深圳会展中心广场上，开幕式正式开始。广东省委常委、深圳市市长李鸿忠介绍了出席开幕式的嘉宾。

吴仪副总理对高交会情有独钟，过去五届出席了四次，并指示进一步办出水平、办出特色、办出成效，并相信经过大家的共同努力，一定会办出高水平的高交会。最后她表示，相信高交会会越办越成功。

9 时 50 分左右，中共中央政治局委员、国务院副总理吴仪宣布：

第六届中国国际高新技术成果交易会开幕！

顿时，2000 发彩烟弹绽放出五彩祥云，会场一片欢腾，这标志着高交会揭开了崭新篇章。高交会四海精英汇集，展馆中人潮涌动，流光溢彩。

按照原计划安排，整个开幕式约为半小时，主席台上有 99 名领导和嘉宾的名单需要一一报读。组委会接受建议，高交会不仅要体现高科技，而且也要体现"新"，不必拘于传统，只宣读中央领导的名单。开幕式仅有 10 分钟。

开幕式结束后，嘉宾在绽放的烟花和《走进新时代》的乐曲声中，步入高交会展馆参观。

开幕仪式虽短，当人们步入展馆时却是精彩纷呈。为了集中展示代表国家水平的"高、精、尖、新"科技成果，国家发改委、信息产业部、商务部、科技部、教育部、中国科学院等高交会主办单位，首次联袂推出"国家高新技术成果展"，占据了深圳会展中心 3 个展馆。

国家部委院强强联手，打造的"国家高新技术成果展区"，汇集了近年来我国在科技创新和高新技术产业化方面的国家级成果。

其中，国家发展和改革委员会组织国家认定企业技术中心的创新成果进行展示和交易，展览面积达 7500 平方米。信息产业部以"移动通信手机制造"为主题，展示最新款式的通讯产品及最新技术。科学技术部组织了中小企业创新基金实施五年来所取得的科技成果。

在 4 号展区近 5000 多平方米的面积里，摩托罗拉、诺基亚、京瓷、三星、索爱、松下、LG、TCL、中兴、海尔、联想、波导、东信、首信等 32 家著名手机制造商，全面展示了各自的最新款通讯产品及最新技术。

国家认定企业技术中心创新成果专题展览面积 7500 平方米，是我国企业研发最高水平的体现。7 号馆迎门即是科技部展区，参观中小企业技术创新基金成果展，不禁让人感叹政府培育市场所带来的巨大效益。

而教育部的高校科技园展区风格个性突出。中科院展区全面展示"知识创新工程"实施5年来取得的重大科技成果。商务部展区则主要展示国家科技兴贸战略中取得优异成绩的企业产品和技术。

同时，来自北京、上海、西藏等全国36个省、市、自治区、直辖市及港澳台地区的展团全部参会，并带来了各自的精品，实现了高交会真正的"全家福"。

第六届高交会在高交会的发展史上具有里程碑意义，在仍使用高交会展览中心的同时，第六届高交会主场成功移师新建的深圳会展中心，展览总面积比上届增加了近3倍，达到13.55万平方米，为历届规模最大。

同时，第六届高交会参展的国家数量、参展的跨国公司数量、全国各省市区参展面积、高校参展数量、专业展的专题数量和规模等均创下历史最高纪录，使高交会实现了由初创到成熟的跨越。

参展的跨国公司数量创历届之最。英特尔、甲骨文、SAP、三洋、索尼、瑞萨、日立、高通、住友、明基、杜邦、德州仪器等30多家跨国公司带来最新的技术与产品，是历届高交会跨国公司参展最多的一次。

为反映大陆光电产业的最新发展，本次高交会特别增设了"光电子及平板显示技术与产品展"，国内外众多平面显示产业的厂商展示了各自的最新产品。

第六届高交会重点突出"技术、产品、人才、资金"四大板块，着力搭建"高新技术成果交易""招商引资"和"人才交流"三大平台。

整个展会由"高新技术成果交易""高新技术专业产品展""世界科技与经济论坛""super – SUPER 专题活动""高新技术人才与智力交流会""不落幕的交易会"六大部分组成。

首次推出的"高新技术人才与智力交流会"是本届高交会的一大创新，为用人单位与技术、管理、金融、投资等方面的高层次人才及海外留学生提供了沟通的机会，被称为"人才高交会"。

包括全球 500 强在内的约 400 家海内外知名企业到会招聘高级人才，提供职位超过一万个，500 余名中国海外留学生携 300 多项科技成果，到会展示交易。

继第五届高交会教育部加盟高交会主办单位后，第六届高交会又有人事部、国家知识产权局、中国工程院加盟到主办单位行列，高交会的主办单位增为 10 家，组织力量更为强大。

在本届高交会上，首次设立了与高新技术相配套的"高新技术人才与智力交流会"，为高新技术发展提供全方位的技术、资金、人才支持。

专业产品展方面新增"先进制造技术与产品展""光电子及平板显示技术与产品展"两个专业展，使高交会的专业产品展总数达到 6 个，覆盖了更多技术进步的热点领域。

连续成功举办了 5 届的"中国高新技术论坛"升级为"世界科技与经济论坛",高交会论坛的"国际化"程度越来越高。同年,高交会"信息技术与产品展"获得了国际展览业协会的 UFI 认证,跻身国际高品质展会行列。

10 月 17 日,收获的喜悦荡漾鹏城。历时 6 天的第六届中国国际高新技术成果交易会,17 日下午圆满落下帷幕。

闭幕式由商务部科技司司长常晓村主持。高交会组委会各主办单位有关负责人,深圳市领导李鸿忠等出席闭幕式,并为获奖单位和个人颁奖。

本届高交会是一次规格高、规模空前、成果丰硕的国际性盛会,是一次高层次、高水平的最新科技经济信息传播与交流的国际性盛会,更是一次融汇全球才智、推动科技进步的国际性盛会。

本届高交会创下多项新纪录,一是展览总面积是历届高交会规模最大的一次。二是 21 个国家及国际组织组团参加,再次突破历史纪录。三是全国 36 个省、自治区、直辖市、计划单列市,香港、澳门特别行政区,台湾地区全都组团参展,参展面积创历届之最。四是高校独立组团参展数量创历届之最。

另外,专业展的数量和展览规模、参展的跨国公司数量、参观人数都创历史之最。

47 名国内外政界要员、知名专家和商界巨子，走进"世界科技与经济论坛"，进行了 7 场主题演讲和 10 场专题研讨会。首次推出的"人才高交会"吸引了 9 万多名各类人才到场，1050 家海内外知名企业现场招聘了 1.2 万余名高级人才。56 个留学生企业的高新技术项目和 24 个引进国外人才项目签约。

高交会组委会主任、广东省委常委、深圳市市长李鸿忠，发表了热情洋溢的闭幕讲话。李鸿忠表示，本届高交会落下帷幕后，高交会的另一种实现形式"不落幕交易会"还通过"网上展会"继续为国内外广大展商、投资商，提供便捷的常年交易平台和服务。

李鸿忠最后宣布，第七届高交会将于明年 10 月 12 日至 17 日在深圳举行。他代表高交会组委会，代表深圳市委市政府，再次盛情邀请海内外的新老朋友，明年金秋鹏城再相会。

闭幕式上，第六届高交会组委会公布了本届高交会上评出的优秀组织奖、优秀参与奖、优秀产品奖、成果转化精品奖和先进工作者获奖名单，并进行了颁奖。

本届闭幕式，主办方没有像往年那样公布交易总额。高交会组委会介绍，当年交易总额超过了上年，但组委会决定对交易总额淡化处理。不公布交易总额是国际惯例。

参展代表纷纷用"硕果累累""满载而归"来形容深圳之行。加拿大驻广州总领事馆代总领事陈宝珊说，高交会办得越来越好，加拿大团组收获喜人。

　　欧桃摩尔公司的代表布莱恩·福拉德高兴地做出胜利姿势，6 天来他们一家公司签了 44 份合同。

　　本届高交会开幕式在 10 分钟内结束，所有嘉宾只介绍了一位中央领导。闭幕式仅用了 20 分钟。高交会组委会副主任、深圳市副市长刘应力说，本届高交会追求精简、高效、务实。

第七届突出自主创新主题

2005 年 10 月的鹏城，金风送爽。坐落在深圳中心区中轴线上的会展中心全面竣工，气势恢宏。

10 月 12 日，在党的十六届五中全会胜利闭幕之际，美丽的深圳迎来又一个重要的日子，第七届中国国际高新技术成果交易会在这里隆重开幕。

12 日 8 时 30 分，深圳会展中心彩旗飘扬，喷泉散珠，鲜花锦簇。高交会开幕式主会场上，鲜红的背景牌映衬着高交会的会徽、会标，醒目而庄重。

虽然距开幕式开始还有一个小时，但会场里已是嘉宾如云，人流如织，许多人兴奋地以主席台为背景拍照留影。从盐田来到会展中心参展的白小姐高兴地说："'神舟 6 号'发射也选在今天，多么吉祥的大日子呀！"

本届高交会有上千记者报名，包括 13 个国家和地区的 20 多名海外媒体记者，报道开幕式的有 300 多名记者，美国《华盛顿邮报》、德国《明镜》周刊、英国路透社和俄罗斯、越南著名媒体的记者都在现场。

开幕式主会场上，回响着《春天的故事》的优美旋律，两大屏幕上回放着深圳的自然人文风光和历届高交会盛况。

本年正值深圳特区成立 25 周年，25 年来深圳各方面都取得了举世瞩目的伟大成就，创造了世界工业化、城市化、现代化史上的罕见奇迹。高交会在深圳写下科技产业界"秋天的神话"，也为深圳的自主创新提供了源源不断的动力。

第七届高交会开幕仪式在 9 时 30 分举行，开幕式由高交会组委会副主任、商务部副部长魏建国主持。

高交会组委会主任、深圳市市长代表主办方致欢迎词。他说，第七届高交会更加突出自主创新的主题，力求国际化有新突破，精品化有新内容，专业化有新举措，市场化有新探索，在打造"中国科技第一展"的道路上迈出坚实的步伐。

9 时 45 分，中共中央政治局委员、国务院副总理曾培炎宣布：

第七届中国国际高新技术成果交易会开幕！

深圳会展中心北广场礼炮齐鸣，烟花怒放，彩烟弥漫。绚烂的礼花绽放在会展中心上空，彩虹般的五色烟幕使广场上洋溢着欢乐的气氛。

本届高交会首次全面启用了新建成的深圳会展中心。在彩旗和鲜花的映衬下，深圳会展中心宏伟中显得分外喜庆。整个开幕式热烈、隆重而简朴，前后用时仅 10 分钟。

全国政协副主席李贵鲜，国务院副秘书长汪洋，高交会主、协办单位负责人马颂德等出席了开幕式。另外，还有许多重要外宾出席了开幕式。各省、自治区、直辖市、计划单列市领导，以及高等院校、科研院所代表团负责人，广东省、深圳市领导黄丽满、李鸿忠等也在开幕式现场。

出席开幕式的还有大企业集团、跨国公司和国外政府组团机构的负责人及其代表，国内外专家、学者，以及组委会邀请的各方面嘉宾。

开幕式结束后，曾培炎在国务院有关部门及广东省、深圳市负责人的陪同下参观了多个展馆。每当走到中国企业以及全国各大高校的展台前，曾培炎都会仔细询问参展的情况。他还与参展的企业代表和专家交谈，了解高科技产品的性能特点和市场前景。

曾培炎说，高交会是展示中国高技术成果的重要窗口，也是加强中国与世界各国科技、资金、人才和信息交流与合作的重要平台。希望中外来宾抓住机遇，不断开拓合作领域、提高合作层次，更多更好地把高科技成果转化为现实生产力，转化成造福人类的产品。

第七届高交会是党中央、国务院把提升自主创新能力纳入国家发展战略之后，由中国政府举办的一次重要科技盛会。党的十六届五中全会的胜利闭幕和"神舟6号"载人航天飞船的成功发射，使本届高交会的举办沉浸在分外喜悦的气氛中。

2005年，胡锦涛对我国科技工作作出一系列重要指示，强调指出要把推动自主创新摆在全部科技工作突出位置，提高我国科技自主创新能力，加快建设中国特色国家创新体系。

所以，第七届高交会适应国家发展战略的要求，以科学发展观为指导，更加突出了自主创新，将自主创新作为第七届高交会的主题。

盛况空前的第七届高交会，吸引了 23 个国家和国际组织，全国 36 个省、自治区、直辖市、计划单列市，香港、澳门特别行政区及台湾地区，26 所高校组团参展，总展览面积达 13.55 万平方米。

参展的国家和国际组织、跨国企业均是历届高交会最多的一次。

为期 6 天的本届高交会，以"技术、产品、人才、资金"四大板块为重点，由"高新技术成果交易""高新技术专业产品展""世界经济与科技论坛""super – SUPER 专题活动""高新技术人才与智力交流会""不落幕的交易会"六大部分组成。

曾培炎在开幕式前还会见了出席第七届高交会的外国政要。来自美国、法国、俄罗斯等 16 个国家的部长、议长、驻华使节以及部分跨国公司负责人参加了会见。

曾培炎介绍了刚刚闭幕的党的十六届五中全会关于"十一五规划"的基本设想和当前中国的经济发展形势。曾培炎希望各国来宾能通过高交会这个窗口，更多地了解中国高新技术的发展状况，推动中外企业在高新技术领域的互利合作。

第七届高交会在深圳会展中心和高交会展览中心同时举行，本届高交会呈现出"国际化有新突破、精品化有新内容、专业化有新举措、市场化有新探索"的特点，并且自主创新色彩浓厚，参展国家数量、参展跨国公司数量、专业展海外参展面积比例等，均再次创下历史新纪录。

展览方面集中展示了科技、经贸、教育、信息和生物技术等领域我国自主创新的最新成果。

高交会论坛按照"少而精"的原则精简了论坛场次，重点把"世界科技与经济论坛"培育成为高交会的精品论坛。

"人才高交会"则集中优势把高级人才交流区办成精品区。

对专业产品展的资源进行了整合，突出重点行业，取消"小而散"的专业展，集中优势举办 IT 展、光电平板展和电子展，使已获得 UFI 认证的 IT 展在国际信息技术领域的影响进一步扩大，光电平板展、电子展在行业内的关注与重视程度明显提升，使高交会专业产品展走上精品化的道路。

第七届高交会首次实现了高交会的展览、会议和各项活动集中在一个场馆举行。

同时，继第六届高交会不再对外公布成交额之后，第七届高交会又取消了组委会重大项目签约仪式，把主要精力放在更好地为参展各方服务和下大力促进项目落实服务上。

这一年高交会还首次走出国门，在奥地利维也纳举办了海外分会。

"神舟六号"载人航天飞船的成功发射，让国人感叹中国高新技术的飞速发展，高交会正构筑一个国际性的"双向通道"，成功对接国内外科技资源，也成为国际高新技术进入中国市场、中国高新技术输出国际的科技"温室"。

内地所有省、市和香港、澳门、台湾及 29 所高校均组团参加本届高交会。

法国、英国、德国、波兰等 22 个国家和机构以政府组团方式参展，本届高交会不论是到会的跨国公司、重点企业数量，还是展位面积、展览的专业性和展会的市场化运作等均有大的突破。

当年高交会"国际化"味道愈加浓郁，外国政府或国际组织组团参展的数量达到 22 个，海外参展团签订的展区占全部展区 35% 的面积。

"错过高交会，就会错过投资机会"，美国国际数据集团总裁麦戈文，毫不掩饰自己对高交会的情有独钟。7 届高交会，他一次都没错过。

深圳市市长说，高交会会聚了大量国内外先进的项目、技术、资金、人才，集成果交易、产品展示、高层论坛、项目招商、合作交流于一体，实现了"官、产、学、研、资、介"的有机结合，是一个国家级、国际性的"大平台"。

本次高交会的参展单位数目大大超过了以往，其中既有日立、联想这样的世界级厂商，也有北京大学、复旦大学等名校，另外还有来自匈牙利、德国、法国、俄罗斯等国家的参展团。

与此同时，第二届高新技术人才与智力交流会，也在 10 月 12 日至 13 日在高交会展览中心举行。

本次人才与智力交流会以"人才推动科技腾飞，智力促进经济发展"为主题，安排有"城市人才战略宣传推介""高级人才交流""中高级人才交流""毕业生推介项目""留学生与回国人员创业园成果交易项目"等五方面活动，全国数十所城市、上千家企业到会招聘。

第二届中国国际高新技术人才与智力交流会，作为第七届中国国际高新技术成果交易会的重要板块，秉承"人才推动科技腾飞，智力促进经济发展"的目标，充分整合高交会技术、资金与人才资源，打造国际化的人才智力交流平台，取得了预期的效果，达到了预期目的。

此届人才高交会现场人头攒动、秩序井然。共有1286 家企业参展，两天进场人数共 6.2 万人次，从参展单位到前来应征者体现出国家级、国际化、高规格、专业化的特点，做到有亮点、有发展。

各项工作均按计划有序完成，并取得预期的效果。较去年相比，招聘展位增加了 20%，参展企业的职位需求上升了50%以上，参展城市增加了3倍多，而且参会城市的种类和级别都是一流的，这年的人才高交会具有非常好的发展势头和非常强的扩张性，参展单位满意度较高。

本届人才高交会与首届人才高交会相比，参会的应届高校毕业生明显减少，但是有工作经验的在职的中高级人才参会比例明显增加。

第二届人才高交会各项数据出现增长，这与深圳经济发展和综合环境的显著进步密切相关，人才高交会成为了满足科技进步和经济社会全面发展的人才供给站。

为办好第二届人才高交会，国家人事部给予了高度重视和积极领导。本届人才高交会从机构设立、方案制订、宣传操作乃至招展的全过程，国家人事部一直给予了高度重视，人事部有关领导也亲自过问。

在筹备阶段，人事部常务副部长侯建良在听取了第二届人才高交会设想后，给出了第二届人才高交会应该"积极拓展，量力而行，逐步扩大，注重实效"的具体指示。

2006年2月份，本届人才高交会的正式方案一通过，国家人事部给各省市人事部门下发了参会通知。5月份，人事部在成都组织了19个省市的人事厅局长协调会。会后，全国人才交流中心具体落实各省市组团参展的有关事宜，并动员中国人才交流协会各会员单位积极参展。由于国家人事部的高度重视，城市人才战略板块成为本届人才高交会的一大亮点。

11 日上午，国家商务部副部长魏建国在深圳市领导陪同下，亲临第二届人才高交会场馆，检查布展情况。

在大会开幕当日，国家人事部副部长侯建良、深圳市委组织部部长王穗明，对会展情况给予了高度评价。

本届人才高交会高校展区吸引了 78 所知名高校，他们一方面向参观者展示教育成果，另一方面主动到人才交流区向各企业推介其毕业生。同时，许多企业也主动来到高校展区与各高校洽谈毕业生需求事宜。高校与企业的互动表现出热烈的场面。

本次大会留学生项目展区推出的 88 家留学生企业、265 个留学生项目吸引了 200 多名留学生参展。10 多家风险投资企业对留学生企业推出的高新技术项目，表现出了极大的兴趣。其中，3 家风险投资企业还带来了项目评估专家，当场对感兴趣的项目进行了专业评估。评估专家一致表示，今年推出的留学生项目与往届相比，科技含量更高，涉及领域更加广泛。

17 日 16 时，创下多项新纪录的第七届高交会，在会展中心 5 号馆多功能厅圆满落下帷幕。

大厅布置得非常简单，没有鲜花簇拥，没有彩旗相映，一块巨大的蓝白相间的写有"第七届高交会闭幕式"字样的招牌，悬挂在大厅的正前方。

闭幕式只有 3 项议程，可能是所有大型展会中最少的。组委会副主任、深圳市副市长刘应力，宣布本届高交会评选出的优秀组织奖、优秀展示奖、优秀产品奖三个奖项，花去约两分钟。接下来颁奖仪式进行了约 5 分钟。

最后一项议程是组委会主任、深圳市市长致闭幕词。他说，本届高交会落下帷幕，但高交会的工作永不落幕，"网上展会"继续为国内外广大展商、投资商提供常年交易平台和便捷的服务。

闭幕词约 1000 字，简洁明快。整个致辞只花了约 6 分钟。整个闭幕式不到 15 分钟。

深圳市委书记李鸿忠，高交会组委会副主任、常务副市长刘应力，以及高交会组委会各主办单位有关负责人出席闭幕式，并为获奖单位颁奖。

简短闭幕式与开幕式前呼后应，体现了高交会在程序上一切从简理念，把更多的时间留给参展商洽谈生意。

闭幕式结束后，部分参展商捧着刚发的奖牌合影留念，恋恋不舍，久久不愿离去。

后来，在第二届中国国际会展文化节暨 2006 中国会展年会上，第七届中国国际高新技术成果交易会被评为"2005 中国展出质量最佳展览会"，深圳会展中心也被评为"2005 中国综合实力最佳展览场馆"。

在 2005 年度全国各地举办的大型知名展会中，第七届高交会以 104 个海内外代表团、3464 家海内外参展商、53 万名参观者、13.55 万平方米展览面积的规模，确立了"中国科技第一展"的地位。

据零点调查公司的现场调查，逾九成的参展商和专业观众都表示要继续参加下一届高交会。

第八届各方面均有创新

又是一年秋风送爽的时节，鹏城再次掀起高科技热浪。

2006 年 10 月 12 日 16 时，数千名领导、嘉宾及来自世界各地 200 多家媒体的近千名记者，聚集在深圳会展中心北侧广场上，等待第八届中国国际高新技术成果交易会开幕。

开幕式前，中共中央政治局委员、国务院副总理吴仪来到会展中心。在这里，她亲切会见了前来出席本届高交会的科摩罗副总统易地·纳华姆和芬兰等 11 个国家的部长、政府官员，以及跨国公司和香港中华总商会的代表。

吴仪说，高交会是中国高新技术领域对外开放的重要窗口，当前已成功举办 7 届，而且一届办得比一届好。中国政府希望通过这一平台，促进与各国在高新技术领域的交流与合作。

大会开幕式由高交会组委会副主任、商务部副部长魏建国主持。

高交会组委会主任、深圳市市长代表主办单位在开幕式上致辞。他说，第八届高交会适应国家全面实施自主创新战略的新形势，突出自主创新、循环经济和知识产权保护三大主题，进一步提高了国际化、专业化和精细化水平，将是一场精彩纷呈、高潮迭起的国际科技盛会。

16 时 20 分，中共中央政治局委员、国务院副总理吴仪宣布：

第八届中国国际高新技术成果交易会开幕！

会展中心广场顿时彩花飞扬，礼炮齐鸣，在现场万余观众的掌声与欢呼声中，第八届高交会在深圳会展中心隆重拉开帷幕。开幕式结束后，出席仪式的领导、嘉宾陆续步入各展馆参观。

国务院副秘书长徐绍史，高交会主、协办单位负责人马颂德等，广东省和深圳市领导黄华华、李鸿忠等，各省、自治区、直辖市、计划单列市代表团领导，以及高等院校、科研院所代表团负责人出席了开幕式。

出席开幕式的还有许多外宾、港澳台嘉宾，大企业集团、跨国公司和国外政府组团机构的负责人及其代表，国内外专家、学者，以及组委会邀请的各方面嘉宾。

开幕式后，吴仪在广东省省长黄华华等的陪同下参观了高交会展厅。她说，已成功举办七届的高交会规模越来越大，国际化程度越来越高，成效越来越明显。她要求高交会要办出水平、办出特色、办出成效，为推动科技进步和增强企业自主创新能力，促进国家和地区间

创新发展

的经济技术交流与合作发挥重要作用。

当日20时30分，《同一首歌》第八届中国深圳高交会开幕式晚会，在锦绣中华·民俗村凤凰广场激情上演。

科技部副部长马颂德等领导以及各省、市、自治区的部分专家领导，和来自世界各国参加高交会的贵宾，共同观看了开幕式晚会。

第八届高交会由商务部、科学技术部、信息产业部、国家发展和改革委员会、教育部、人事部、国防科工委、国家知识产权局、中国科学院、中国工程院和深圳市人民政府共同主办，来自世界数十个国家和地区的数十万商政学界精英会聚深圳。

10月的深圳，一如夏日的温度，火热的氛围一如八年来，有增无减。第八届高交会，和往年一样，在深圳隆重开幕，上演一场科技展示与交流的盛宴。

本届高交会是在全国科学技术大会召开后举办的第一次高交会，也是我国在全面实施自主创新战略的新形势下召开的第一次国际性科技盛会，同时也是深圳把自主创新确立为城市发展主导战略后召开的第一次高交会。

正如深圳这个城市从年轻走向成熟一样，在这座城市扎根八年的高交会，也在这风雨同舟的八年中，不断地尝试、摸索、积累经验，逐渐形成以国家级、国际型、高水平、大规模、讲实效、专业化、不落幕为特色的中国乃至世界高新技术领域内一个颇具影响力的知名展会品牌。

高交会如所有的品牌展会，稳中求新，逐渐形成成熟架构。从第二届高交会开始，组委会增设了生物技术和新材料专业产品展，大规模吸引跨国公司。

在第四届高交会推出"super—SUPER 互动"系列活动，通过个性化服务促进高层次交流合作，并以此打造服务品牌。

第五届高交会成功举办多国科技部长论坛。

第六届高交会增设先进制造技术与产品展、光电子及平板显示技术与产品展，并首次推出人才高交会。

第七届高交会首次走出国门举办分会，进一步扩大高交会在国际上的影响力，吸引更多的海外客商参会。

本届高交会从推动国家自主创新支撑体系建设出发，围绕自主创新、循环经济和知识产权三大主题，首次大规模系统展示我国在自主创新和循环经济领域的最新成果。

展览活动精彩纷呈，安排有"高新技术成果交易""高新技术专业产品展""世界科技与经济论坛""super–SUPER 专题活动""高新技术人才与智力交流会"等几大板块内容。这几大板块，已经成为近几届逐渐形成的高交会的稳定内容。

与往年有所不同，在自主创新的热潮席卷全国的大背景下，本年的高交会被注入了更多的内涵、更多的期待、更多的精气神。

展示、交易、论坛等各方面均有创新，呈现"四个突出"，即突出自主创新、循环经济和知识产权保护三大主题，突出会展活动的国际化，突出会展内容的专业化，突出会展服务的精细化。

商务部、国家发改委、中科院、农业部联袂打造"国家高新技术创新成果展"，全国各省、自治区、市和20多所高校，带来高质量的科技成果进行展示和交易，加拿大、澳大利亚、德国等23个国家组团参展。

本届高交会首次大规模、系统地展示我国在自主创新、循环经济等领域的最新成果。本届高交会同样可谓是一次盛况空前的盛会。

展会吸引了摩托罗拉、飞利浦、LG、NEC、甲骨文、西门子、索尼等世界信息技术和电子领域的数百家海内外知名企业，会聚了全国33个省、自治区、直辖市、计划单列市团组和全国27所著名高校，吸引了25个外国团组，中国香港、澳门也组团参展。

作为我国在国际上最有影响力的展会之一，本届高交会参会的海外团组数量再创历届新高。"部长论坛"规模、层次均为历届高交会之最，来自荷兰等国的10多位部级官员，与我国相关部门的负责人共同出席"部长论坛"。

在以"中国制造：机遇与挑战"为主题的"全球CEO论坛"上，有甲骨文、微软、联想、创维、威胜电子、IDG、LG、NEC等大公司的高层人士出席。同时，全球十大证券交易所就有5家参加本届高交会，为历届高交会最强阵容。

而本届展会尤其引人注目的是首次增设"个人技术创新展区"，通过细致筛选和审核，确定最具代表性的30至40个个人创新技术项目参展，为民间创新人员的发明专利和创新性"非共识"项目提供发布、展示及多方合作机会，营造提倡创新、鼓励创新的浓郁氛围。

而深圳市还在市科学馆举办"首届中国个人技术创新与发明论坛"。广泛吸收国内外最新个人科技发明成果，力邀国内及国际发明创新知名人士参与。

论坛突出"在市场找发明"的发明观，免费为发明人提供50个展位，组织一批有商业价值的个人发明成果与企业家面对面地交流与沟通，促进个人发明成果转化。

同时，主办方为创新的后备军，广大中小学生免费提供20个展位。银行与金融财团、基金、风投、担保融资等机构也参与，为个人技术创新与发明的专利申请、评估、中介、交易等提供专场服务。

鼓励创新的主题渗透在这届高交会的每一个角落，而在鼓励的同时，本届高交会首次将保护创新提到了前所未有的高度。

"知识产权保护"从以前展会中的"配角"一跃成为和"自主创新、循环经济"平起平坐的本届高交会的三大主题之一，并制定了一系列措施来实现这一主题。

高交会期间，高交会组委会办公室向具有自主知识产权，能提供产品专利证书及相关权利证明的产品颁发由深圳市知识产权局审核的"自主知识产权产品"标志证书，并授予牌匾。

高交会展览中心主会场正对大门的背景墙前，竖立起一面75平方米的知识产权宣传墙。口号为"加强知识产权保护，推进创新型城市建设"。

召开知识产权保护论坛，以知识产权与企业国际化运营为主题，对于"政府在保护知识产权方面的政策和措施"、积极实施"走出去"战略、推动企业国际化经营等方面的课题展开讨论。

展馆现场宣传知识产权。深圳市知识产权局在展会主会场显著位置滚动播放《知识产权在深圳》《创意中国》等知识产权宣传片。免费发放知识产权宣传手册。

现场执法，保护知识产权。高交会成为首个实施"蓝天会展行动"的国际性大型展会。组织展会联合执法队伍，加强对展会期间知识产权保护的协调、监督、检查，维护展会的正常交易秩序。

高交会真正成为连通中国与世界、技术与市场的桥梁，成为展示中国高新技术最新成果、世界高科技最新动向的窗口。

10月17日，历时6天的第八届中国国际高新技术成果交易会，顺利完成各项工作和活动，满载着收获的喜悦，第八届中国国际高新技术成果交易会圆满落幕了。

本届高交会有42个国家和地区的108个代表团、3278家参展商、9765个项目和2690家投资商参展，其中以政府组团方式参展的国家达到 25 个，港、澳、台地区全部组团参展，知名跨国公司有 66 家，外国政府团组数、投资商数、跨国公司数均为历届高交会之最。

其中，"专业产品展"共有 894 家中外企业参展，海外展区面积比重达到 39.5％，创造了高交会历史新纪录。"人才与智力交流会"吸引了 1100 家企业参展，进场人数达 7.1 万人次，本届高交会参观人数共达 61.2 万人次。

深圳市委书记李鸿忠，高交会组委会副主任、深圳市常务副市长刘应力，副市长陈应春等领导以及高交会各主办、协办单位有关负责人，为获得第八届高交会优秀组织奖、优秀展示奖和优秀产品奖的单位和个人颁奖。

深圳市市长代表第八届高交会组委会和深圳市委、市政府宣布，第九届中国国际高新技术成果交易会于明年 10 月 12 日至 17 日举行，深圳进一步把高交会办成世界著名的科技成果交易盛会。

第九届首设权益保障中心

又是一年秋风送爽，鹏城再迎科技热潮。

2007 年 10 月 11 日 19 时 30 分，在炫目璀璨的庆祝烟火和观众的掌声中，第九届中国国际高新技术成果交易会，在深圳会展中心隆重拉开帷幕。

出席开幕式的有：全国人大常委会副委员长蒋正华等中央领导、广东省和深圳市的李鸿忠等领导，各省、市、自治区、计划单列市代表团领导以及高校、科研院所代表团负责人等。

出席开幕式的还有俄罗斯、越南、约旦、安哥拉、几内亚、乌干达、韩国、德国、莫桑比克、柬埔寨等外国政要和港澳台嘉宾。

在开幕式前，蒋正华会见了前来出席本届高交会的各国政要、跨国公司代表和商会负责人。他说，高交会作为中国高技术领域对外开放的窗口，作为国际高技术产业合作与交流的重要平台，已经成功地举行了八届，每一届都各有发展、各具特色，一届比一届办得好，是中国政府重视扩大高技术产业对外开放、实现互利共赢的具体体现，得到了高新技术企业的认可和欢迎。

开幕式由高交会组委会主任、深圳市市长主持。商务部副部长廖晓淇代表高交会组委会，向莅临此次盛会的海内外各界朋友表示热烈欢迎。

廖晓淇说，第九届高交会展览总面积超过 10 万平方米，专门设立了进口馆，论坛层次更高，国际性更强，行业专题活动更多、更精彩，开放、创新、和谐的色彩更加浓厚。他预祝第九届高交会取得圆满成功。

19 时 40 分，全国人大常委会副委员长蒋正华宣布：

第九届中国国际高新技术成果交易会开幕！

霎时，深圳会展中心北广场礼炮齐鸣、烟花盛放，在掌声与欢呼声中，第九届高交会隆重开幕。

第九届高交会开幕式的焰火根据电脑代码与音乐相融的编排进行，共分为 4 个主题，分别为激情之声、秀美之景、神秘之旅、辉煌之夜 4 个乐章，焰火在音乐的伴随中腾空绽放，点亮了展馆的夜空，拉开了为期 6 天的盛会序幕！

2 分 38 秒的第一乐章激情之声，在喜庆的音乐中燃起开幕式的火样热情，表演按音乐分为 4 小节进行。

首先登场的是呼啸火龙，10 条火龙飞上天空，幻化成各式各样的形态，腾飞的巨龙象征着中国高新技术产业在改革开放的 20 多年里，飞速发展的强者气势。

随后亮相的是冷光造型烟花，直喷、斜喷、七扇面，烟花树，变幻的身姿，一如高交会精彩纷呈的高新技术成果和产品。

第三小节的电脑特技烟花比之前出现的火龙更为细腻，罗马烛光、造型盆花营造出浪漫和谐的气氛。

最后一节的280发高空锦冠，光芒万丈，近3000发的低空烟花造型华美，大气稳重，象征了高交会九载硕果沉淀而来的成熟。

红色、绿色、紫色、黄色、彩色的落叶纷纷飘落，大红灯笼、手拉手、心连心、吉祥风铃等高空烟花竞相盛开，第二乐章秀美之景象征着本届高交会上来自全国各地的团组共聚本次盛会的"大团结"局面，祥和、欢庆的气氛萦绕在整个会场。

造型多变、闪烁不定的第三乐章神秘之旅，主要由闪光类烟花和变奏花束烛光组成，它们随着音乐节奏由弱变强、由慢变快，声音在其中扮演了非常重要的角色，轻缓的、强劲的、壮阔的。

随后，由太空响花、波椰子拉手等烟花在空中形成无比壮观的画面扣人心弦，揭示了科技不断走进人们的生活，科技不再神秘的意义。

第四乐章辉煌之夜，将本次焰火晚会推向高潮！高空造型如螺旋环、三套环、土星环等，红游星、红绿拉手、红变绿拉手、红绿大丽、超级银闪大柳等烟花，随着欢乐颂的音乐响起，以各类变色带蕊牡丹，如红变绿、绿变红、红心绿牡丹、绿心紫牡丹、红心银牡丹等烟花，绚丽多姿，象征着科技之光燃亮鹏城之夜！

烟花结束后，会展中心5号馆与6号馆北广场两侧房顶和19号工地，从南向北进行电脑特技花束、烛光表演，水中冷光瞬间银花树烟花顿时点燃，同时高空银冠烟花在空中形成巨大画面，本次焰火晚会在音乐中顺利落幕，但是高交会的科技盛宴才刚刚开始！

开幕式后，全国人大常委会副委员长蒋正华及出席仪式的领导嘉宾，首先来到国家发展改革委专馆6号馆进行了参观。

高交会开幕式首次在夜间举行，将欢迎酒会、会见贵宾、开幕仪式、焰火燃放、首长专场等活动紧密衔接，一气呵成。

第九届高交会由商务部、科技部、信息产业部、国家发改委、教育部、人事部、国防科工委、国家知识产权局、中国科学院、中国工程院、深圳市政府共同主办，农业部协办。

经过8年的发展，高交会以其"国家级、国际性、高水平、大规模、讲实效、专业化、不落幕"的特点，已成为目前中国规模最大、最具有影响力的科技类展会，有"中国科技第一展"之称。

在党的十七大召开前夕举办第九届高交会，集中展示我国高新技术产业发展的最新成果，展示我国科技创新的日新月异和综合国力的蒸蒸日上，展示中华民族坚持科学发展、和谐发展，全面建设小康社会的坚定信心和美好前景，具有十分特殊的历史意义。

第九届高交会积极落实国家发展战略，着力突出

"推进开放创新""保护知识产权""创建和谐社会"三大主题。

本届高交会安排的主要内容有:"高新技术成果交易",包括国家高新技术创新成果展、海外高新技术与产品馆、省市高新技术成果展、高校高新技术成果展、个人技术创新展和投资采购交易洽谈区等。

"高新技术专业产品展",由信息技术与产品展、电子展和光电子及平板显示技术与产品展组成。

"论坛",设有部长论坛、全球 CEO 论坛、跨国投融资论坛,新增中美产业技术合作高峰论坛、中小企业板与中小企业发展论坛以及各种专业技术论坛。

另外还有"super – SUPER 专题活动"和"高新技术人才与智力交流会"两大板块。

各大板块内容丰富、精彩纷呈,展示、交易、论坛等方面均有新突破。

首次设立高交会"权益保障中心",提供会期知识产权纠纷的仲裁服务,这是高交会的首次尝试,在国内外各类展会也属首例。

在深圳首次成功举办了高交会专业产品展分会,2007 国际消费类电子产品展览会,完全按"市场化"模式运作,创新了高交会分会的新形式、新内容,标志着高交会沿着"专业化、市场化"道路又迈出了一大步。

在巴塞罗那举办的高交会西班牙分会,进一步扩大了高交会的国际影响。

本届高交会同样可谓是一次盛况空前的盛会，展会会聚了全国包括港澳台在内的所有的省、自治区、直辖市和计划单列市组团参加，吸引了26所著名高校和22个外国组团，以及一大批海内外名企，带来信息、电子等领域的最新技术和产品。

高交会的专业性、国际化、市场化水平得到了提升，18个外国政府机构组团参展，中国所有的省、直辖市、自治区和计划单列市，全部组团参加"省市高新技术成果展"，加上香港、澳门、台湾地区，高交会已连续4年实现"全家福"。

为进一步发挥高交会在国际技术贸易中的"绿色通道"作用，推动国际间的经济技术合作，本届高交会将海外高新技术成果展升级为海外高新技术与产品馆，并首次在馆中设立了美国展区。

美国9个州分别设立展区，通用电气、摩托罗拉、甲骨文、惠普、戴尔等一批美国知名跨国企业，携带大量高科技产品和技术前来参展。

为扩大来自美国等发达国家的高新技术产品进口，促进国际贸易平衡，本届高交会特别推出中美"1＋3"系列活动，在设立美国展区的同时，举办"中美产业技术合作高峰论坛""外国产品采购大会""国外采购与投资政策说明会"等一系列活动。

美国驻华使馆商务官员、美国各州政府代表及美国信息产业机构等相关行业组织参加系列活动，中国进出口商、企业、政府采购团与美国客商进行实质性的交易洽谈。

本届高交会群贤毕至，中外 10 多位部长级官员出席部长论坛。全球 CEO 论坛吸引了众多知名跨国公司和中外名企高层出席。在跨国投融资论坛上，中外经济学界和金融投资领域的专家，围绕新兴资本市场建设、跨国投融资实务等进行思想交流。

本届高交会参观人数共计 58 万人次，专业客户人气指数达 157.7。有 260 家海内外媒体、近千名记者参与报道了大会盛况。

17 日下午，历时 6 天的第九届中国国际高新技术成果交易会，经过各参展团组、企业、客商以及全体工作人员的共同努力，实现各项预定目标，胜利落下帷幕。

深圳市主要领导，以及高交会各主办单位有关领导出席了闭幕式。高交会组委会主任、深圳市市长在闭幕式上致辞。他说，本届高交会适逢党的十七大召开，是一届意义重大、主题鲜明的高交会。结合十七大会议精神，本届高交会着重突出了"推进开放创新""保护知识产权""创建和谐社会"三大主题，呈现出浓厚的"开放、创新、和谐"特色，重点展示了清洁能源、再生资源、环境、信息、现代生物技术与医药等领域具有自主知识产权的新项目，并通过"一条龙"服务加大了知识产权保护力度，有效地推动了资源节约型和环境友好型社会建设。

本届高交会凸显了"大聚会、大团圆"的特点，高层次活动精彩纷呈，新形式、新内容接连展现，既是一届规模盛大、合作共赢的高交会，也是一届群英荟萃、影响深远的高交会，更是一届不断创新、不断超越的高交会。

　　闭幕式上，为表彰各组团单位和参展商取得的优异成果，经专家评审、高交会组委会研究决定，大会向103名获优秀组织奖、81个获优秀展示奖、120项获优秀产品奖的单位和项目颁发了奖项。

　　"聚会"暂时落幕，"团圆"总要道别，但是，高交会的影响是长远的、深刻的，高交会永不落幕。作为高交会的主办城市，深圳要充分发挥高交会的开放、引导、带动、推广、融合等功能，把高交会的集聚效应持续放大，把高交会的创新能量充分释放，为深圳全面落实科学发展观、建设国家创新型城市，提供更为强大而持久的动力。

第十届纪念高交会 **10** 周年

2008 年 10 月 11 日晚，第十届高交会开幕式在深圳市会展中心 5 号馆举行。

整个开幕式举行的礼堂由显示屏构成了一个梦幻般的天堂。主席台两侧各有一块面积很大的显示屏，主席台相对的墙壁上则由显示屏组成了一块硕大的显示屏，3 块屏同步播出整个开幕仪式的盛况。

与此同时，两面侧墙则由蓝色的显示屏和蓝色的灯光组成整面墙大小的蓝色灯幕，营造出令所有出席者在震撼中赏心悦目的氛围。

20 时整，第十届高交会开幕式正式开始。适逢高交会 10 周年纪念，主办方先是播放一段纪念短片。

随后，全国人大常委会副委员长桑国卫在大会宣读中共中央政治局常委、国务院总理温家宝 10 月 8 日为第十届高交会作出的重要批示。温家宝指出：

办好高交会，推进高新技术产业化，对于自主创新、调整经济结构、转变发展方式具有重要意义。谨祝第十届高交会圆满成功！

中共中央政治局委员、广东省委书记汪洋，中共中央政治局委员、天津市委书记、原深圳市委书记张高丽，广东省委副书记、省长黄华华等领导同志也发来贺信贺电。

开幕式由高交会组委会主任、深圳市市长主持。

高交会组委会副主任、商务部副部长蒋耀平致开幕词。蒋耀平说，今年是中国改革开放 30 周年。伴随着中国经济的快速发展，高交会也走过了 10 个年头。

蒋耀平指出，本届高交会，以"科技改善民生、创新改变世界"为主题，突出国际性、高水平、专业化、市场化，倡导开放式的自主创新。展馆布置更好，论坛层次更高，开放、创新、和谐的色彩更浓，已经迈上新的发展阶段。

全国人大常委会副委员长桑国卫，宣布第十届中国国际高新技术成果交易会开幕。

在开幕仪式中，为纪念高交会举办 10 周年，感谢 10 年来为高交会作出突出贡献的个人和团体，高交会组委会还向 1200 多个团体和个人授赠了纪念章、纪念牌。

全国政协副主席李金华，全国政协副主席、科技部部长万钢出席了开幕式。出席开幕式的还有国家有关部委、各省、自治区、直辖市、计划单列市的领导，高等院校、科研院所、大企业集团、跨国公司和外国政府组团机构、驻华机构的负责人及代表，国内外的专家、学者，以及组委会邀请的各方面的嘉宾。

当晚大会的开幕式会场布置华丽，开幕式持续约 30

分钟，内容主要是光电视觉表演。

经过 10 年发展，高交会已成为中国规模最大、具有国际影响力的国家级、国际性的科技成果交易盛会，被誉为"中国科技第一展"。

本届高交会由商务部、科学技术部、工业和信息化部、国家发展和改革委员会、教育部、人力资源和社会保障部、国家知识产权局、中国科学院、中国工程院和深圳市政府共同主办，农业部协办。

第十届高交会是高交会举办 10 周年纪念，又恰逢北京奥运会的成功举办和我国改革开放 20 周年，具有非同寻常的意义。作为一届承上启下的展会，高交会组委会累 10 年之功，在总结前 9 届成功经验的基础上，以"科技改善民生、创新改变世界"为主题，再度实现新的创新与超越。

本届高交会内容包括"高新技术成果交易""高新技术专业产品展""论坛""super – SUPER 专题活动""人才与智力交流会""不落幕的交易会"等六大板块。

本次高交会呈现 7 大特点：

　　1. 主题鲜明，各参展单位组织大批民生项目参展，同时，多款机器人、电动汽车、电子乐谱等高科技产品，直观展现"科技改善民生、创新改变世界"主题。

　　2. 体现"10 周年"特色。

3. 体现时代特色，紧扣抗震救灾、奥运，"神7"将在高交会大秀身手，本届高交会专题展出的遥感技术、红外热成像探测仪等各种紧急救灾装备，将充分展现高新技术在抗震救灾以及在灾后恢复重建中的重要支撑作用。本届展会专题设立的"奥运会科技项目展示区"，将集中展示在北京奥运会、残奥会上运用的各种新技术。

4. 体现"创业与资本"特色，大批成长型企业以高交会为平台聚集了来自全球的大量投资者。

5. 体现"深港合作"特色，专门开辟"深港创新圈"展区。

6. 体现国际化特色，吸引全球多个国家的知名企业与会。

7. 体现会聚效应，科技相关机构、相关活动均与高交会同步。

为充分体现"科技改善民生、创新改变世界"的主题，参展单位组织了一大批关系民生的项目参展。高新技术在抗震救灾和灾后重建中的应用与成效，以及在北京奥运会、残奥会上运用的高新技术项目，这些成为本届高交会的亮点。

本届高交会总结回顾了高交会10年成长历程，推出了十大新闻、100 名风云人物、1000 家创新企业、一万个高新科技产业化项目等"高交会 10 年"系列推选活动。国家各相关部委、院联袂推出的"国家高新技术成果展",全面、集中展示改革开放 30 年来,尤其是高交会举办 10 年来中国高新技术产业的发展历程与辉煌成就。

10 年来,高交会从最初的 5 家举办单位扩大到 10 家,展会面积从 2.2 万平方米扩大到 28 万平方米,先后参与高交会的国家和地区有 82 个,企业超过 3.3 万家次,投资商超过 1.7 万家次,展出的高新技术成果在 10.2 万项以上。

第十届高交会关注"科技"与"民生",除了集中展现高新技术在汶川地震的抗震救灾和恢复重建中的支撑作用及设立的"科技奥运专展"外,还推出"国际机器人展",展出的各类机器人更是为未来科技给人类生活带来的改变创造了无限的想象空间。

本届高交会首次成功举办了"中国创业家论坛",全新开辟的"创业与上市专区",展示了与高交会共同成长的创业型企业发展历程。同时,各类重大科技活动向高交会聚集的特色也更加鲜明,有近百项科技创新活动在第十届高交会举行。

为纪念我国改革开放 30 周年和高交会举办 10 周年,本届高交会以序厅的形式,对高交会 10 年成长历程进行回顾总结。国家各相关部委、院联袂推出的"国家高新技术成果展"，对改革开放 30 年来，尤其是高交会举办的 10 年来中国高新技术产业的发展历程与辉煌成就进行全面、集中的展示与检阅。

经过 6 天的交流与碰撞，17 日下午，第十届高交会在会展中心 5 号馆落下帷幕。省委副书记、深圳市委书记刘玉浦等主办单位领导出席闭幕式。

根据统计，本届高交会进场人数达到 55.2 万人次，与上届基本持平。因受到国际经济形势的影响，仅 10 个外国政府组团参展，明显少于往年的 20 多个政府组团。不过，专业观众指数却明显增加。

与上一届相比，此次高交会前来参展的国家增多，上一届有 36 个国家和地区的参展商参展，此次增加到 40 个国家。而国际参展商组团参展的却明显地减少，仅有来自俄罗斯、芬兰、德国、法国等 10 个国家的团组。

人数相比往年也明显减少。上一届规格最高、人气最旺的"部长论坛"，有 8 个国家的 17 位部长级官员发表演讲。本届，只有 7 个国家的 11 位高级官员出席了"部长论坛"。

此次国际参展团的减少，与国际经济形势的下滑有直接关系。除此之外，此次高交会的人气下滑还与时间安排有关。往年高交会会赶上周末两天，而今年高交会则只有一天周末时间。

但从另一方面看，此次高交会专业客户的人气指数达 209.7，"即每家参展商平均每天接待 209.7 位专业客户，比上届高交会提升了 33%"。

本届高交会评出优秀组织奖 85 家，77 家单位获得优秀展示奖，127 个项目获优秀产品奖。广东省委副书记、深圳市委书记刘玉浦，市领导戴北方、刘应力、陈应春等和各主办单位代表为获奖单位颁奖。

深圳市市长在致闭幕词时说，本届高交会贯彻落实科学发展观，是一届旗帜鲜明、与时俱进的盛会，突出了"科技改善民生、创新改变世界"的主题，会聚了国家顶尖的创新成果，呈现出"高端、创新、环保、友好、和谐"的浓厚特色。

深圳市市长最后指出，第十一届中国国际高新技术成果交易会将于明年秋季举行。组委会将深入贯彻落实科学发展观，努力把高交会办成国际一流的科技成果交易盛会，朝着"世界科技第一展"的远景目标前行。

闭幕式前，高交会组委会举行了第三次会议。会议决定，根据国际惯例，本届高交会仍然不向社会公布成交额。

三、 科技舞台

●市科技信息局一位官员说：从某种程度上讲，在很多外国人眼中，高交会就是深圳的代名词，高交会已经融入了深圳的血液中。

●徐少春说：这就是高交会的最大价值，它唤起了普通市民对高科技的兴趣和热诚，营造了一种科技创新的土壤。

●鲍伊瑙伊总理说：匈牙利愿意积极利用高交会这个平台，继续加强与深圳在经济技术领域的深入合作，匈牙利继续把深圳作为进入中国市场的桥头堡。

高交会成为深圳的节日

一年一度的高交会对很多市民来说，就像是一个盛大的节日，市民已经形成了过这个节日的习惯。

小蒋是深圳一名普通的的士司机，他来到深圳已经8年有余。他说，高交会期间是他一年之中最忙的时候。他说："高交会就像过节一样，甚至比春节还要热闹。"

小蒋多年来一直都在深圳过年，在他的印象中，因为很多人过年回老家，深圳过年显得有些冷清，相比之下，高交会期间各地展商齐聚深圳，加上到处悬挂的宣传标语等，"反倒更有过节的气氛"。

和小蒋一样，一位网友在博客中也这样写道：一年一度的高交会对很多市民来说，就像是一个盛大的节日，市民已经形成了过这个节日的习惯。而深圳市贸工局有官员也在媒体面前感叹说，高交会就像全体市民的"年夜饭"。

市民也用高度的热情参与到这个节日当中来。首届高交会举办时，就有超过30万人次入场参观，其后更是逐年递增，到第九届时，入场观众已经超过50万人次。很多家长把高交会当做一次科普学习的机会，带着孩子前去接受熏陶。

"参与的过程实际就是一个科普的过程。"查振祥说。

高交会就是一个很好的科普机会，市民文化素质从中得以提高。

一个展会成为一座城市的集体节日，这已经超出展会本身的价值所在，有人将这称之为高交会带给这座城市的"软实力"。事实上，高交会给深圳带来的"软实力"还体现在它极大提升了深圳在国际上的知名度，这种影响对一座城市来说是不可估量的。

在高交会举办之前，中国乃至亚洲都没有一个具有影响力的高新技术专业展览会，而深圳在国际上也远没有后来的名气和影响力。

李连和在1999年带队到国外推介高交会的时候，很多人问他深圳在哪里，他只能尴尬地回答在香港的边上。

原高交会交易中心主任刘明伟，也曾遇到过类似的尴尬。他在加拿大参加一个国际会议时，很多人还不知道深圳在哪里，即便知道也以为是香港的郊区。

这样的尴尬后来再也不可能重现。市科技信息局一位官员说："从某种程度上讲，在很多外国人眼中，高交会就是深圳的代名词，高交会已经融入了深圳的血液中。"

"一个展会的举办可以较大提升城市以及周边城市的知名度。"高交会交易中心一位工作人员表示，正是因为高交会的极大魔力。所以，尽管高交会并不能给深圳带来多少现实的经济收益，甚至是亏钱，但深圳还是不遗余力。

高交会帮助金蝶公司腾飞

对徐少春来说，2008 年是具有历史意义的一年。

6 月 7 日，徐小春获得了"深圳市市长奖"，这是深圳市政府给予深圳坚持自主创新的创业家们的最高奖励。

随后，在 12 月 2 日，徐少春又从深圳市市长手中接过代表质量领域最高荣誉的 2008 年度"深圳市市长质量奖"。徐少春说："我把人生最美好的年华都献给了深圳，这奖就是见证。"

创立于 20 世纪 90 年代初的金蝶，扎根深圳已有 10 多年，金蝶国际软件集团有限公司已经是中国乃至亚太地区领先的管理软件及电子商务服务商。

1988 年，徐少春研究生毕业后，来到了山东省税务局计会所。虽然身处事业单位，但是他却打定主意要自己开办一家公司。他请导师杨纪琬教授写了一封推荐信，只身来到蛇口会计师事务所。他一直记着临行前导师送给他的一句话：

深圳是年轻人的天下，你去吧，我支持你。

来到深圳，徐少春觉得自己似乎到了另一个世界。他感觉天特别的蓝，空气特别的好，年轻人特别的多，一种痒痒的感觉涌上心头。

1991 年初，徐少春用 4 个月的时间，写了一份近 100 页的创业可行性报告，并递交到深圳市科技局的创业中心。

"这是我见过的最好的可行性报告，马上去做吧，支持你！"创业中心的朱悦宁主任为徐少春打开了创业的大门。直到后来，在金蝶的展厅里，还可以看到朱悦宁亲笔签名的批复文件。

徐少春踏上创业路，创办了金蝶软件公司。金蝶于 2001 年登陆香港创业板。作为自主创新的高科技企业，金蝶自然离不开高交会的扶持。

1999 年，作为美国国际数据集团投资对象的金蝶参加了首届高交会，在展会现场就成交了 300 万的订单。这对于一个本土软件企业来说很不容易。

徐少春用"辉煌"一词描述那一届高交会的场景。"全深圳的男女老少全都出动了，售票厅都快被人挤烂了。这就是高交会的最大价值，它唤起了普通市民对高科技的兴趣和热诚，营造了一种科技创新的土壤。"

高交会不仅为金蝶带来了订单，还扩大了它的品牌影响力。首届高交会后，国家领导人李长春、张德江等先后来到金蝶视察。

在徐少春的办公室里，一直摆放着原国务院总理李鹏的亲笔题词："开发金蝶软件，拓广应用领域。"

徐少春说："深圳造就了金蝶，金蝶也把自己的全部奉献给深圳。现在的金蝶已经成为深圳软件产业的一面旗帜。"

高交会推动企业不断走红

多年来，高交会已经成为中国高新技术领域对外开放的重要窗口之一，为中外企业和科研教育机构参与国际经济技术交流与合作，不断开拓国际市场创造了良好的契机。

高科技公司更是百花齐放，争奇斗艳，涌现出一批具有代表性的明星企业，而来自北京的汉王科技可以说是"万花丛中我最红"。

历年来，汉王科技对高交会都重视有加。2007年是汉王第八次参加展会，不仅派出了精锐部队，还由主管主力产品销售的副总裁张建亲自带队，为展会期间的商务洽谈带来更多的诚意和机会。因此，在本次高交会上，汉王科技携带了具有航天品质的各类产品参加展会。

作为国际识别技术领域的领军企业，汉王科技在此次高交会展出的产品，除了有让人们自然、舒服、高效地使用电脑，在手写输入与批注方面功能强大的汉王笔，在名片信息管理方面的名片通等的著名产品外，还有汉王e摘客、砚鼠等小巧别致的输入类产品。

当然，不断创新的汉王科技当年还推出了不少新品吸引眼球，如搭载"神7"共游太空的汉王电纸书，凭借类纸显示效果、书籍内容丰富的优势，已经获得许多用户的喜爱，而人脸识别系统会让我们的脸面有新的应用。

其实，汉王科技是历年来高交会的热点。早在第一届高交会上，朱镕基两次亲临汉王展台，并饶有兴趣地用汉王电脑笔亲自写下了"朱镕基"3个字，并连声称赞好用。此事在深圳引起极大的轰动，并传遍全国。

第二届高交会时，恰逢汉王的全线新产品降价"大风行动"全面展开阶段，汉王更是上下一条心，专门组织了精兵强将，在展会上获得了高达百万元的经济效益。

在第六届高交会上，汉王科技更是凭借其具有完全自主知识产权的"汉王笔"，而一举获得了高交会当年的"成果转化精品奖"金奖。

近年来，中国IT业面临着严峻的考验，为了适应国际化的竞争环境，当前必须寻找一条变革之路。

实践证明，只有像汉王这样专注于民族高科技优势、同时又具备广阔应用前景的基础技术的创新和产业发展，并在多个领域拥有核心技术，才能具备迎接全面挑战的能力。同时，通过技术优势，达成一项又一项合作，使汉王立足国内，放眼世界，使自己的高技术走出国门。

高交会推动个人技术创新

没有豪华的装修，没有视频音响，虽然这里的展位布置略显简单，但展区里人潮如涌。走进深圳会展中心7号馆，人们被入口处"个人技术创新展"的热烈气氛一下子吸引住了。

把台灯插头插进插座，灯亮了。把铁丝插进同一插座，人们比画着想摸不敢摸。发明人鼓励着示范着，大家抢着摸，居然平安无事，神了！

这个防触电插座在通电情况下，无论用手或铜丝电线还是铁钉钥匙片，插入插座任意一孔或同时插入双孔、多孔均无电，只有电器插头插入孔内才通电。

"这个技术转让要多少钱？"咨询者问。"你看着给吧。"发明者答。"这几天有多少人来洽谈了？"记者问。"有上千人了吧，你听嗓子都哑了。"

发明人潘洪生说，他来自湖南怀化，从小就喜欢搞研究，现在有好几项专利。因为是下岗职工，没什么钱，所以从来没有参加过展览也没有宣传过。在网上看到高交会给个人发明技术提供免费展位，就申请来了。

有记者问他为什么自己不报个价。他说，有机构做过评估是800万，自己也不知道应该要多少钱，只想卖些钱继续搞其他的发明。他自信地说，这次肯定能成交。

时年 50 岁的刘凤翼已经是有 3 项"实用新型专利技术"在手的企业负责人。生产的产品就是两年前他第一次进高交会馆"找婆家"的技术开发的产品。这一技术结的果还将在广交会上展出。

当初，刘凤翼险些因为错过参展时间被堵在高交会门外，为他初次入场"秀"大开"绿灯"的是时任常务副市长的刘应力，这一"秀"让刘凤翼的技术实现了产业化，也从此改变了他的人生轨迹。

2006 年 10 月 12 日，刘凤翼成为第八届高交会馆个人技术创新专区最后一个进场的参展个人。当时他是拎着一把"扳手"进的会场。这也是他初次在高交会上亮相的"个人技术创新"，那一年也是高交会首次设立"个人技术创新展"专区。

这把有别于传统产品、含有"自紧技术"的扳手，是刘凤翼在开幕式前一周刚刚做出的成品，严格地说这是刘凤翼兄弟俩共同创作的作品。

刘凤翼的孪生哥哥刘凤羽远在美国。2006 年，刘凤羽发现了"自紧定律"，并在美国申请了技术专利。刘凤翼说："自紧定律是利用会引起物件移动的外力产生所需的夹紧力来紧固和连接物件的理论，这种连接紧固的办法，不仅成本低，操作简便，还不会损坏被夹物件。"

比如，普通扳手对那些已被夹得没了棱角的六角螺母没有办法，但将"自紧技术"用于扳手前的两个爪子上之后，则可以随意拧动哪怕是已磨成圆形的螺母。自紧技术若用于救生和消防领域，只要备上一些金属条，紧急情况下还可迅速安装云梯。

想到这一技术可能会对建筑业、制造业等领域的工具有极大改进，当年在大中华集团做负责人的刘凤翼，开始琢磨把技术用在对扳手等工具的改进上。

2006年10月初，这一新型扳手终于在第八届高交会前赶制出来，但却错过了参展的报名时间。

眼看参展无门，刘凤翼想到了主管高交会的当时的常务副市长刘应力。他迅即投书刘应力，将该"自紧定律"的技术创新特点、用途等，一一在信中详述，并在信中留下了自己的电话号码。

2006年10月11日，刘凤翼接到了高交会组委会工作人员的电话，原来他们已经为其开通了进入第八届高交会的"绿色通道"，并免费为其做好了展板。之后，刘凤翼才得知他给刘应力的信件已转至组委会，信件上面多了这样一句话："请高交会组委会安排到个人技术创新专区展出。"

尽管2006年参展的还不是一个真正意义上的产品，但刘凤翼在高交会上还是获得了成功。山东省文登威力工具集团与其签订了授权合同。他独家将此技术授权文登威力生产销售公司，公司按销售额给刘凤翼返利20年。

如今，刘凤翼已经辞去了原来的职位，一家东莞企业与其结下"姻缘"，他成了那家公司的负责人。尽管企业的地址在东莞，但刘凤翼坚持在公司名称前冠以"深圳"二字。他说："毕竟自己是个深圳人，这项技术也是在高交会上开的花结的果。"

作为专职发明人，刘江海是本届高交会上唯一带着两个专利项目，在会展中心 7 号馆个人创新展区设展的专利人。他那头有点发白的头发，在这个年轻人相对居多的展区略显扎眼。

"这届高交会带来两个项目参展，本来是寻找投资商的，现在投资商没到，客户倒来了，这不是更好吗？对我们来说，最重要的是客户，这就有了市场，等于是'下蛋'了，投资商就会盯着你来。"

刘江海讲的是他带到本届高交会参展项目之一"加密技术操作系统"。在高交会第一天，深圳某信息技术公司负责人到展位上看了，第二天就给刘江海发来信息。"他们首个订单就是一万件，生产具有加密显示功能的MP4，按一件 1000 多元算，这个订单差不多就是 1300万了。"

对方还列了一个很详细的书面计划，提出了一整套开发产品的技术方案。刘江海说："这个订单够意外，对方不仅仅下订单，还提出'一揽子'开发思路。这样的话，等对方订单到位，就可以顺带把产品升级开发一块搞出来，真是一举两得呀。"

刘江海非常随性，他自嘲是"疯子"，一天到晚就琢磨，爱琢磨市场上推出的科技产品的漏洞，也爱琢磨生

科技舞台

活中的细节，比如抽水马桶怎么让它不漏水。

而本届高交会上，刘江海带来的另一个项目"商品价格对比装置"，就是因为儿子的一个建议而萌生出来的。有了创意，他就拿出随身的小本子记下来了，因为想法太多，恐怕回头就忘了。

刘江海学的是贸易经济，但更感兴趣的是发明，就是因为这种事业与爱好之间的"冲突"，在 20 世纪 80 年代初，在组织部门工作的老刘毅然丢下干部身份下海了，狂热地投入到专利技术发明及产业转化中去了。

1985 年，刘江海搞出了他的第一项专利技术"管道快速连接器"，并拿出自己的 30 万元资金，与几位专利持有人一起，申报注册了深圳三卓技术开发股份有限公司，这是深圳最早的一批股份制公司。但就在快要投产时，由于某种原因刘江海首次创业夭折了。

这之后几年，刘江海又申请了 10 多个专利，由于条件不成熟，没有资金，都没有成功。刘江海说自己的所有收入，包括早年股市上赚的钱、工资收入以及后来发明的一些收入，上百万元都砸进了发明，可以说为了发明而搞到"破产"。

个体搞发明，各种困难和不可测的因素太多了，让刘江海感到惋惜的还有一件事，当时合作已近成功，甚至可以说前景一片光明，但到最后却"功亏一篑"。

早在 1999 年首届高交会，刘江海就来了。那次他带的是国家经贸委当年的一个"国家重点技术创新项目"，三维数码成像技术。果然出手不凡，项目被深圳一家大型制药企业相中，对方投资一亿元进行开发。

在签下合同当天，刘江海激动得一夜没睡，满以为多年的理想可以实现。但没想到的是，就在产品开发进行到一年多的时候，这家注册资本数千万元的公司突然遇到一场资金危机，虽经多方努力，但公司仍然融资失败。原本计划投资额达一亿元的项目，就这样顷刻间烟消云散，合作的项目也不了了之。"三维数码成像技术"从此无期限地搁置起来。

从正式做专职发明人，至今已经20年了，刘江海头发也白了，虽持有数项发明专利，曾有专利受亿元投资垂青，但他家中，除了各种奇形怪状的东西，最值钱的就是电脑了，他说："这是干活的工具，不能再省。"

刘江海说支撑自己的是一个信念，即使自己最终不能从发明中得到任何好处，但是发明对社会一定是有用的，是自己价值的体现。他说，除了本届高交会带来的两个专利项目，从去年5月到今年7月，他还申报了16项专利。

现在刘江海手上还有100多个项目准备申请专利。虽然现在政府扶持个人创新，但发明专利找钱还是很难，他也一直坚信自己能碰到诚心的投资者，能把技术推向市场。

高交会的个人技术创新展，自从第八届亮相以来，不断地成为高交会的热点、亮点。它为民间创新人员的发明专利和创新性"非共识"项目，提供了发布、展示及多方合作机会，有力地推动了高交会自主创新战略的实施。

高交会助洋小伙中国创业

深圳的创业气氛之浓，不仅仅体现在海归的创业热情上。每年都能在高交会展馆内碰面的几个洋小伙，也把深圳当成了自己创业的乐土。

南非人维里埃已是连续第五次参加高交会了，他在展馆里迈开长腿来回逛，寻找心仪的电子产品。

维里埃被人叫作"阿维"，时年 33 岁，来深圳已经快 6 年了。6 年前被本国一家进出口公司派驻深圳后，阿维很快在深圳开了自己的贸易公司，对南非及中东地区出口 DVD 机、MP3 等消费类电子产品，这几年赚了不少钱。阿维最愿和别人聊自己一个人来深圳创业的故事。他说：

我的创业是从高交会开始的。

阿维的公司 2001 年刚成立时主要做音箱业务。他参加了当年的高交会，仔细挑选后，他和深圳一家 VCD 企业达成了合作意向。

厂家开发了产品英文版本以供非洲市场。阿维回南非找到了两家大的电器经销商，以中国产品的物美价廉打开了非洲的市场。

公司第二年就有了上百万美元的盈利。公司稳定发展后，阿维在高交会上又找到了一家海南的公司和一家浙江的企业，向非洲出口电子安防产品。

近几年 MP3 在非洲很热门，阿维也接了不少这方面的订单。上一年，他的公司又找到了中东市场的渠道，规模逐年扩大。阿维每年都在高交会发现新的产品，公司的销售每年增长 40% 以上。

回忆起当年刚来深圳的情形，阿维觉得很是好笑，他说："当时请了个保姆阿姨，我们语言不通，两个多月连彼此的名字都不知道。"阿维现在是个典型的"深圳通"了，汉语流利，道路也很熟悉。龙岗、宝安的很多地方，他摸得甚至比本地人还清楚。

从两年前单枪匹马闯深圳，到现在深圳高新区为自己担任总裁的康赖克深圳办事处揭牌，来自加拿大港口城市圣约翰市的麦克·泰勒，把自己的成功归于高交会这个会聚各国商贾和政要的窗口。

出生于商人家庭的麦克头脑精明，能说会道。前一年的高交会上，他就带来了 4 家加拿大公司。这一次，他的咨询公司成功游说了 16 家加拿大企业参展，这样的成果让麦克自己也感到吃惊。

在这届高交会上，麦克和 16 家企业一起参加了开幕式，目睹了圣约翰市和深圳市签署交流合作备忘录，召开了中加港口物流研讨会，吸引了中外媒体的广泛关注。

麦克第一次带来的公司中有一家从事远程教育。现在，这个公司已经和北京的一家网络公司达成合作协议，成了中国的常客。其余的3家公司也开始和中国企业频繁交往，而且对深圳20多年来的经济发展无不交口称赞，成了宣传深圳的活样板。

在麦克看来，深圳的商业气氛浓厚，商人们作风务实，和国际都市香港非常类似，这些非常适合外国企业的口味。

同时，深圳这座年轻的城市可待挖掘的商机很多，增长潜力很大。聪明的麦克想到了利用高交会这个平台，他和本国的一些政府机构和商会合作，为参展的客商设计了丰富的行程，包括引见深圳政府官员，参观高科技企业，与本地的行业协会会面等等，为客户提供超值的深圳投资考察之旅。

在高交会上，麦克还和深圳投资商会达成合作协议，共同开拓中加投资机会。他们在进行充分市场调研的基础上，推出深圳、加拿大十佳投资机会，供各自的客户或会员参考。

通过高交会实现自己的成功创业，让我们感受到了深圳高交会的国际化程度。这说明，高交会不仅是中国的高交会，也是世界的高交会。

高交会打造世界第一展

为落实中共中央政治局委员、广东省委书记汪洋对高交会提出的努力打造"世界科技第一展"的要求，2009年高交会加大了海外办展力度，积极扩大国际影响。

2009年5月12日和20日，深圳市代表团分别在德国纽伦堡和匈牙利布达佩斯成功举办高交会海外分会，在当地引起了强烈反响。

在经济危机冲击全球的背景下，高交会海外分会不仅再次向世界传递了中国信心，促进中外高新技术企业的国际交流与合作，更成了推动中国企业实施"走出去"战略，开拓海外市场的重要平台。

匈牙利是中国在中东欧地区重要的经贸合作伙伴，高度重视发展和中国的友好交流与合作。

当地时间5月18日到20日，深圳市委常委、常务副市长、高交会组委会副主任兼秘书长许勤，率深圳市代表团到匈牙利首都布达佩斯参加高交会海外分会，并紧密开展了一系列访问活动，与匈牙利方面达成多项合作共识。匈牙利总理鲍伊瑙伊·戈尔东在国会大厦会见了深圳代表团一行。

上一年曾到访深圳的鲍伊瑙伊总理，看到深圳客人十分高兴。他说，匈牙利愿意积极利用高交会这个平台，继续加强与深圳在经济技术领域的深入合作，匈牙利继续把深圳作为进入中国市场的桥头堡。他还表示，2008年欧盟在匈牙利设立了研发中心总部，这是一个新的机遇，深圳企业可以利用这个平台，参与欧洲的研发工作。

在会见中，许勤表示，相信借助高交会这一平台，一定能推动双方在更广领域、更深层次的交流与合作，实现优势互补，互利双赢，共同发展。许勤常务副市长邀请鲍伊瑙伊总理参加当年的第十一届高交会。

5月19日上午，第十一届高交会匈牙利分会在布达佩斯举行。9时，离大会开幕还有半个多小时，上千平方米的会议大厅里已经人头攒动，来自全国9个省、市的150名政府、企业和科研机构代表与160家匈牙利企业的250多名代表参加了分会，规模人数超出了2008年的一倍。

在开幕式上，华为公司宣布今年将在匈牙利设立分公司，并在匈牙利设立物流集散中心，这个集散中心将充分利用匈牙利交通区位和基础设施的优势，预计两年后产值将达15亿美元。

本次高交会匈牙利分会内容丰富，围绕在金融危机下中国与匈牙利在电子、机械、创业投资等领域的合作等主题展开了研讨，并举行了重点企业项目推介以及签约仪式等。

本次分会汇集了华为、比亚迪、五洲龙等我国自主品牌、有创新力和竞争力的大型企业参会，分会还安排参展企业与匈牙利当地企业配对洽谈，场面十分热烈。

与以往海外分会不同的是，本次分会还首次采用了展览与洽谈相结合的模式，依托同期在匈牙利举行的国际电子、电子技术和自动控制展，在展会上设置第十一届高交会高新技术项目展示与洽谈区，为中国企业扩展海外市场提供更多商机。许勤一行还专程到展馆看望了深圳的参展企业。

从2005年开始，高交会推出了高新技术项目洽谈海外分会。几年来，先后成功举办了奥地利分会、西班牙分会等，取得了良好效果，受到了海内外国家相关部门、科技企业、投资机构等的欢迎。

有着"欧洲心脏"美称的纽伦堡是欧洲重要的经济区之一，也是信息、能源、交通、环保技术发展的前沿，著名的西门子公司总部就在这里。

5月11日到14日，深圳市政府代表团在德国纽伦堡开展高交会分会等一系列活动，在当地引起热烈反响。

在纽伦堡期间，纽伦堡常务副市长福特，施瓦巴赫市副市长多赫尔博士，富特市副市长布劳恩博士，爱尔朗根市副市长普罗伊斯女士，先后会见了深圳市政府代表团一行。代表团转交了高交会组委会主任、深圳市市长发出的高交会邀请函，他们欣然接受。

5月12日上午，高交会德国分会开幕式在纽伦堡工商会大楼开幕，来自国内9个省市的代表和德国企业代表共200多人出席了会议。

高交会组委会副秘书长、深圳市政府副秘书长高国辉，高交会组委会办公室副主任李真，介绍了第十一届高交会情况和深圳应对金融危机的做法，邀请德国各界人士参加第十一届高交会。

高交会德国分会在纽伦堡引起热烈反响，多家知名企业负责人专程参会。著名工业设计企业 ID 公司董事长柏思达说，高交会是一个窗口，通过高交会可以了解科技等行业的最新信息，可以接触到科技产品的生产者和最终的使用者。

纽伦堡工商会外经贸部长史雅民表示，纽伦堡参加了 9 次高交会，140 多家企业先后参展，多家德国企业通过高交会打开了中国市场，随着高交会国际影响的不断扩大，当年已经有 20 多家企业表示了参展的强烈意愿。

史雅民说，中国高交会是世界上最好的科技展会之一，是沟通德国企业和中国企业很好的桥梁，它的影响扩展到了很多领域，促进了中国和德国，深圳和纽伦堡之间的科技合作。

本书主要参考资料

《成果丰硕精彩纷呈》李南玲 何广怀编《人民日报》

《"高交会"是这样诞生的》蔡志军编《深圳晚报》

《"高交会"热深圳》胡谋编《人民日报》

《深圳造就了金蝶》丁晓磊编《创业家》杂志

《高交会上——少年总裁笑答记者》胡谋 田静编《人民日报》

《第四届高交会开幕》吴伟 陈晓航编《晶报》

《第五届高交会昨日开幕》程胜编《中国证券报》

《第六届中国"高交会"开幕》张翼 易运文编《光明日报》

《第七届高交会深圳开幕》叶晓滨 刘键 陈晓薇编《深圳商报》

《第八届高交会盛大开幕》刘键 杨志敏编《晶报》

《创新成就未来》王薇薇编《经济日报》

《第九届高交会隆重开幕》蔡志军 丁荡新编《深圳晚报》

《第十届高交会深圳开幕》朱文庆 金璐编《羊城晚报》

《第二届高交会》米鹏民 张惠屏编《深圳商报》

《高交会10年奏响自主创新最强音》蓝岸 杨柳纯编
　　《深圳特区报》

《第二届中国国际高交会在深圳开幕》任维东 胡谋
　　编《人民日报》

《规模大技术含量高创新创业色彩浓》朱剑红 胡谋
　　编《人民日报》